The Testament of Sister New Devil
新妹魔王的契約者
1
Kadokawa Fantastic Novel

東城刃更
Basara Tojo
「只要生活在一起，而且有想守護對方的想法，就已經是一家人了。」
「不然繼妹除了調教以外，還有什麼用途嗎？」
成瀨澪
Mio Naruse
成瀨萬理亞
Maria Naruse
「拜託，請你就這樣子不要動……要是亂動的話，我會殺你一百次。」

野中柚希
Yuki Nonaka
「我還以為刃更在生我的氣呢。因為……
我明明抱著你，你卻一點高興的樣子都沒有。」
「真遺憾啊，小刃～
要是覺得只有自己最輕鬆，那可就大錯特錯呢。」
瀧川八尋
Yahiro Takigawa
「妹妹很讚哦——既可愛又溫柔，身體又軟。
早上還會叫你起床呢。」
東城迅
Jin Tojo

「——不、不要動!!」
「?喂、喂!?」

「好了，刃更哥張開嘴巴……啊——」
「很好吃喲，澪大人——不嫌棄的話，
那邊肩膀沾到的部分就交給您怎麼樣？」

「——為什麼!?」
「如此一來結束了哦。」

「……沒有啊，
我並沒有成為她的夥伴。」

「那個……
其實我正準備要讓刃更哥，
對我進行
第一次的調教呢。」

新妹魔王的契約者

The Testament of Sister New Devil

1

上栖綴人

插畫◯大熊猫介

Kadokawa Fantastic Novels

彩頁／內文插畫　大熊貓介

The Testament of Sister New Devil

ConTeNts

連好好面對都無法如願，而一直背負著罪孽。

儘管如此，如果活下去是能夠保護某人……

序曲　有了妹妹的日子

1

「喂——你曾說過想要妹妹對吧？」

這是暑假已經差不多過了一半的某天晚上。

東城刃更聽到父親不經意說的那句話。

那就在吃晚飯的時候——刃更為了再添一份咖哩飯，從椅子站起來的時候。

「我才沒說過呢，你是腦袋有洞嗎？」

越過肩膀補了一句「無聊」的刃更，打開了電鍋上蓋。

「你反應好冷淡喔……是妹妹喔，是妹妹。只要是男生，應該都會哈到流口水吧。」

「抱歉，妹妹是填不飽肚子的。」

哪有時間陪老爸瘋言瘋語，我現在是正能吃的時候，可別小看高中男生的胃容量。

刃更把白飯盛到盤子上以後，往瓦斯爐上裝有咖哩的鍋子移動。把料超多的咖哩醬淋在白飯上面，再回到自己的座位。

「奇怪？福神漬跑哪兒去了？」

咖哩飯的最佳配菜怎麼整瓶從桌上消失了？

結果發現正前方，坐在對面的父親，一手拿著裝福神漬的瓶子還一臉洋洋得意。

「我說刃更，再多聊一點有關妹妹的話題啦。」

他「嘻」地對這邊笑。刃更無奈地嘆了口氣，看著自己的父親——東城迅。

這個已經老大不小的父親，卻硬要在吃飯時間跟兒子聊根本就不存在的妹妹的魅力。

這情形化作文字形容的話，還挺「痛」的，讓人不禁湧起微微的殺意。

「你還真感興趣……話說回來，我真的說過『想要妹妹』這種話嗎？」

「搞什麼……你不記得了啊？」

迅一臉訝異的樣子。

「你曾經眼神閃閃發亮地說過，『我想要妹妹』這種類似輕小說書名的話耶——大概在十年前。」

「那麼久誰會記得啊！」

而且十年前，刃更才五歲左右。無論從哪個角度想，根本是小孩子的玩笑話啊。

不過，迅一面說「別這樣嘛」一面伸出一隻手。

序曲
有了妹妹的日子

「妹妹很讚喔——既可愛又溫柔，身體又軟。早上還會叫你起床呢。」

「這個嘛，是沒錯啦……」

「對吧。而且——還能對她盡情做猥褻的事情。」

「別唆使你兒子犯罪啦！話說回來，有那種妹妹反而很可怕呢！」

那種妹妹也只會出現在二次元裡。

「老爸你是怎麼了……你那麼想聊可能受都條例（註：指的是東京都青少年健全育成條例）管制的妹妹話題嗎？」

「那又不是不存在的事情啊——不過能盡情做猥褻的事情，當然是開玩笑啦。」

迅把裝了福神漬的瓶子，從桌面滑給刃更。

「這個嘛，總之我是做個確認啦。如果問你喜歡或討厭妹妹，你會選哪個答案？」

「這是哪門子的民意調查啊，這個嘛……撇開電視劇跟漫畫裡的那種妹妹不說，我聽說現實生活中的妹妹並不如想像中那麼好。不是很臭屁，就是很粗魯。」

「既然這樣，那反過來說的話，若是可愛的妹妹就沒問題嘍？」

「這個嘛……如果是那樣當然就沒問題——話說回來，到底是怎麼回事？從剛才你就一直用誘導訊問的方式問我問題。」

對於刃更的問題，迅只是「哦」地簡短回應，臉上還浮現出耐人尋味的笑容。

然後，簡潔俐落地說出改變東城刃更命運的話。

「太好了——你將會有可愛的妹妹喔。」

2

一望無際的藍天，那是這一天天空的顏色。

天氣非常晴朗，連蟬都像在喊熱似地鳴叫。這個盛夏的下午，每一條街道都創下氣象史上最高氣溫的紀錄。而刃更與迅，則一起來到位於車站前的家庭餐廳。

「話說回來，真的假的啊……」

東城刃更還無法置信地喃喃說道。

——昨晚，迅拋出有關妹妹的話題。那似乎是暗示他要再婚的訊息。

自己只是在選項中不經意挑了「喜歡可愛的妹妹」，不料才過一天就要正式見面了。

「你還真不死心耶……我跟對方聯絡過了，結果人家說馬上想跟你見個面打聲招呼。況且，我也問過你今天跟人家見面有沒有問題。」

「這個嘛，話是沒錯啦……」

序曲

有了妹妹的日子

的確。還沒搞清楚狀況，就順勢對一手拿著手機詢問的迅說「無所謂」的，的確是刃更。可是一覺醒來之後，又認為還是有必要重新考慮考慮。畢竟迅再婚這件事，對刃更來說算是又增添新家人呢。

而且可能增加的不只有妹妹，還會多了個媽媽。

……可是。

對——那終究是，「可能」。

不只是再婚的兩位當事人，對方即將成為刃更的妹妹的女兒，據說對再婚這件事已經沒有異議。但儘管如此，迅再婚這件事還是沒完全底定。關鍵就在——

……剩下的，就只是等我點頭答應，是嗎……

儘管已經處於萬事具備的狀態，但最終結論卻得看自己的決定，讓人覺得有些鬱卒。就在刃更心想「傷腦筋」的時候，店門口突然傳來電子音。是通知有客人上門的訊息。刃更不由得坐定身子往入口的方向看，然後「唉～」地嘆氣。是明顯毫不相干的親子家庭。

「每次人家餐廳一有客人上門，你就認真個什麼勁啊？」

「有、有什麼關係……又無所謂。」

刃更「哼」地用手掌貼著臉頰，看著剛剛進來的那一家人。

——有父親，有母親，還有小孩。

眼前這幅景象是理所當然的幸福，正因為如此才顯得珍貴。
東城刃更心想——若接下來就能得到的話，自己應該也想得到那種幸福吧。
……但實際上，會是如何呢？
老實說他並不清楚。對刃更來說，女性的家人是未知的存在。不過——透過跟未來可能成為家人的人們見面，那個答案搞不好等一下就會出現。
——還有。其實連他自己也不知道為什麼會那麼做。
無論是通知有客人上門的電子音響起，或是有什麼引人注意的狀況。
但是東城刃更，彷彿被引導似地——忽然往店門口望過去。
「————」
兩名少女腳步緩慢地走進店內。
一個大約跟刃更同年，應該是高中生吧。另一個年紀比刃更小，而且個子相當嬌小，看起來很像是國中生或是小學生。兩個人恐怕是姊妹吧。
「……哇。」
他無意識地發出驚呼。過去曾在街上遇過跟自己擦身而過的可愛女生，也曾經不知不覺停下腳步回頭看人家。
但是——走進來的她們，完全超過一般正妹的水準。

序　曲
有了妹妹的日子

現在，發現到她們的客人們，也都目不轉睛地盯著她們看。不久少女們在店員的帶領下，被安排到刃更跟迅所在的相反方向的桌位。

當他目送她們的背影時——又有客人進餐廳了。

那是一名帶著大概是小學生的女孩，散發著穩重氣質的二十幾歲女性。

……終於來了嗎？

就在刃更的身體不知不覺僵直的同時，那對母女似乎往這邊看並走過來。

就是她們了。於是刃更看著走過來的母女，迅速地從座位站起來。

「初、初次見面妳們好……我是東城刃更！」

可是眼前的女性卻滿臉困惑地看著刃更，可能是被突如其來的問候嚇到了。刃更連忙想要化解這個窘境……結果忽然間，後腦勺被Ｋ了一拳。

「痛死我了！做、做什麼啦你……咦？」

「真是對不起——我這孩子太白痴了。」

刃更還沒回頭看，迅已經硬壓他的頭向對方鞠躬道歉。

儘管刃更的身體被迫彎到近乎前屈的狀態，他還是硬把迅的手撥開。

「你說誰是白痴啊？為了讓你突如其來要再婚的事情能更加順利，我可是特地——」

但這時候，那對母女卻從刃更他們的面前走過去。

「咦……？」

於是刃更順著她們的背影望過去，發現那對母女直接到隔壁桌——到應該是她先生所在的桌位坐下。笑臉盈盈迎接妻子與孩子的先生，用嚴厲的眼神看了剛剛在眼前叫住自己妻子的刃更，雖然只有短短的一瞬間。

……呃——這個意思是……

Ｔｈｅ認錯人。這個讓人痛苦到昏厥的過失，害刃更尷尬到爆，迅也完全被他打敗。

「你太緊張了啦……我看你去洗手間洗把臉，讓自己冷靜一下吧。」

「……抱歉，那我去一下。」

表情沮喪的刃更，腳步蹣跚地走向設在餐廳最裡面的洗手間。

……我在幹什麼啊！

自己一個人緊張，自己一個人焦慮，自己一個人興奮。

再這樣下去，見面的時候不曉得會出什麼槌呢。迅說得一點也沒錯，我應該讓自己冷靜下來。於是刃更低著頭打開洗手間的門，往裡面走進去。

「咦——？」

抬起頭的東城刃更，這時候不禁僵住了。

在門被打開的洗手間——有個女生在裡面。

那一瞬間，狹窄的空間瀰漫著尷尬的沉默。

在洗手間裡的，是剛剛進餐廳那對美少女姊妹的姊姊。

她的動作不曉得是準備要脫？還是準備要穿上？少女的身體微微往前傾並拉高裙子，兩手的姆指就勾在白色短褲兩邊。而她因為突發的狀況而停止思考，目瞪口呆地往這邊看。

這單純是誤會。刃更絕不是刻意要開女用洗手間的門。

——其實這間家庭餐廳，是把頂讓下來的前居酒屋重新裝潢改建而成的。

洗手間有女性專用與男女共用共兩間。恐怕是女性專用的廁所還有人在用，她才會跑來用這邊的男女共用的。但是這間男女共用的洗手間，如果是常客都知道它有個缺點——就是門鎖有問題。因此知道的女性客人都盡量不使用這個洗手間，而餐廳為了避免不必要的麻煩，也在門後貼了一小張「請確實上好門鎖」的告示。但就算覺得已經確實鎖上，還是會發生沒鎖好的狀況。沒錯——就像現在這樣。

刃更連忙把門關上並準備「向後——轉！」——不過他忽然聽到「某個聲音」。

那是少女深呼吸的聲音。就在她發出大叫的前一秒——

「唔——等一下！」

「嗯唔？」

序曲
有了妹妹的日子

好不容易成功防止悲劇發生的刃更，姑且鬆了口氣。

……不過，我在幹什麼啊？

當刃更回過神來，發現自己完全衝進廁所裡，還摀住少女的嘴巴。

這下糟了。原本只是一場誤會和悲慘意外，狀況這下子惡化成難以辯解的等級。

「抱歉讓妳受驚了，拜託——請妳冷靜下來聽我解釋，我不是故意讓事情演變成這樣。這是一件悲慘的意外，是誤會……」

使用中的廁所讓人從外面把門打開，也要怪裡面的人沒把門確實鎖好。但對方畢竟是女孩子，以心境上來說算是被害人。所以刃更向她解釋這間廁所的門鎖有問題，門後也有貼告示，拚命想要說服對方。

這個狀況並沒有加害人，待在這裡的——只有兩名被害人。

結果——不曉得是不是刃更的解釋奏效了，少女終於不再繃緊全身的力量。

「呃——……請問妳，是不是明白了呢？」

少女用點頭回應刃更的詢問。於是刃更戰戰兢兢地放手，少女端正姿勢並「呵呵」地笑著。那是給人友好感覺的開朗笑容。

太好了。看來我的誠意打動她了，她冷靜地諒解狀況了呢。刃更也跟著「哈哈……」地露出笑容——就在那瞬間，他因為臉頰受到衝擊而身子往旁邊飛去。

是一個巴掌。結果，那個造成意外原因的問題門鎖，當然沒有鎖上。而撞到門的刃更，則是跌到廁所外面，一屁股重重摔在地上。

「什麼，為什……」

「……你還敢問『為什麼』？」

眼看刃更摀著臉頰還目瞪口呆地往上瞧，少女對著他抽搐起嘴角。

「你偷看女生上廁所，還大剌剌地衝進來摀住我的嘴講一大堆藉口……你給我好好想清楚自己幹了什麼事情——下地獄去想！」

就在少女舉起腳，準備直接給刃更致命一擊的時候。

「——嗯？你們兩個在做什麼啊？」

旁邊傳來熟悉的聲音。應該是覺得刃更那麼久沒回去，所以過來看看狀況吧。迅不知道什麼時候，已經來到廁所旁邊。

「老爸……」「迅叔叔……」

刃更與少女同時喊了迅，並且「咦？」地互看對方。

然後——回到座位的刃更，現在眼前坐了兩名少女。

年紀較長的是成瀨澪，較小的是成瀨萬理亞。正如刃更所想像的，兩人是姊妹。

當她們跟店員點完飲料以後——

「啊哈哈——對不起，刃更哥。」

萬理亞一面露出親切的笑容，一面說：

「我們都跟店員說『跟人約在這家餐廳見面』了喲！可是，幫我們帶位的店員，似乎不知道刃更哥跟迅叔叔的事呢。」

總而言之就是餐廳的打工人員並沒有共享情報嘍，所以造成初步的過失。

現在謎團完全解開了。不過，「問題」也並沒有因為這樣而解決。

「…………………………」

相對於笑臉迎人的萬理亞，澪從剛剛就一直嘟著嘴不發一語。

……這個嘛，也難怪啦。

畢竟上廁所的時候門被人打開，要她看開一點是不可能的事。想不到再婚的兩家人這麼重要的初次見面，卻留給對方這麼糟的第一印象。

只希望再婚的事情不會因為這種事泡湯——刃更再次窺視坐在眼前的澪與萬理亞的表情。然後他心裡想的是——

……不過，好可愛喔。

不光是外表，從她們的氣質到不經意的一舉一動，都讓人心中小鹿亂撞。尤其是澪，刃更的生日只比她早一點點，好像都是高一。也就是說，雙方父母尚未再婚以前，現在的她只是跟自己同年的女生。也難怪心跳會變這麼快。這時候——

「——不過，幸好刃更哥看起來人很親切呢。」

坐在斜對面的萬理亞，對著刃更「嘿嘿嘿」地笑。她跟刃更與澪差一歲，雖然念國三但臉蛋仍不脫稚氣，這可愛的感覺不禁激發男人想保護她的欲望。

「畢竟是正值青春期的男生，我好擔心如果是像鋒利刀子一般的人，真不知道該怎麼辦才好。」

「哈、哈哈……」

像鋒利刀子的青春期男生，那是什麼青春期的男生啊？國民級受整搞笑藝人嗎？

「妳們不用擔心啦，因為這傢伙似乎超喜歡可愛的妹妹。」

「好像是呢，因為他還會闖進女生正在裡面的廁所呢。」

對於迅一派輕鬆的戲謔口吻，對面的澪冷冷地瞄了刃更一眼。

「所以，都跟妳說好幾次那是誤會，是意外——」

「是嗎~你還想找藉口脫罪嗎？」

刃更半嘆氣地解釋，這時候澪把身子稍微往前探。

序曲
有了妹妹的日子

這是令人不禁臉紅心跳的距離。身高的差距讓她的眼睛以絕妙的角度往上凝視刃更。
「……對不起啦。」
真沒用。當承受不住那個破壞力的刃更一道歉，澪很滿意地點頭說「嗯，我原諒你」，她的表情也總算變自然了，刃更終於鬆了口氣。
「對了……呃——不好意思，我想問一個問題。」
這時候，刃更突然問了很簡單的問題。
「她們倆的媽媽呢？等一下才過來嗎？」
雖然她們很可能成為我妹妹，但長得這麼可愛，而且還是兩個人，這真的讓我很訝異。
但是算了，迅也沒說對方的小孩只有一個。
不過，澪她們要跟迅再婚的母親並不在場，這次的見面應該就毫無意義吧。
「對了，那我還沒說呢……」
迅如此說道：
「她們的母親——也就是千早她啊，正因為工作的關係在國外。」
「…………什麼？」
等一下，老爸你剛剛說什麼？竟然還有話沒講清楚，你的再婚對象現在在國外？
「…………啊——……老爸，你跟我過來一下。」

刃更抓住迅的手，移動到澪跟萬理亞聽不到他們說話聲的地方——移動到樓層最旁邊的位置。

「……抱歉，我想再好好問你一次。」

刃更雙手抱胸，右手食指「咚咚」地敲著左手上臂。

「嗯？你是指『喂——你曾說過想要妹妹對吧？』那句話嗎？」

「你到底把時間回溯到哪裡去了！是剛剛你說，再婚對象在國外那件事啦！」

「你不是記得很清楚嗎？然後咧，那有什麼問題嗎？」

「這不是很奇怪嗎？說好要跟再婚對象的家人見面，本人卻沒到場！」

而且，今天說想見面的是對方。其實也不是要怪對方出差這種事，但是第一次見面她本人不在場的話就毫無意義吧。

「雖然我覺得應該不可能……但我們是不是被騙了？」

「哈哈，那你就不用擔心啦。更何況，你覺得我這個人有可能被騙嗎？」

的確沒錯。若真的要歸咎誰騙人，倒不如說是這個騙子老爸呢。

「可是——既然那樣，怎麼不等那個人回國以後再見面，那不是更好嗎……」

「很不巧的是，因為這其中也有最好快點見面的理由啦。」

輕鬆笑了一聲以後，迅又突然表情正經八百的。

序曲

有了妹妹的日子

「刃更……你見過那兩個人之後，有什麼感想？」

「什麼感想……這個嘛，是覺得很可愛啦。」

畢竟第一眼看到的時候，覺得她們可愛得很像偶像明星。所以——

……其中也有最好快點見面的理由，是嗎……

從雙方談話的過程中，刃更好不容易察覺到那個理由。再婚這件事，對方誠如目前所知的，是母女構成的家庭。然後，母親還因公出國將長期不在家。

「家裡如果只有她們兩人，做母親的當然會擔心呢……所以才變成這樣？」

「是啊。其實她們兩個人似乎被可疑人物襲擊過好幾次。說起來，我在路上初遇她們的時候，也正好被奇怪的傢伙糾纏呢，而且，好像有的還近似纏人的跟蹤狂呢。」

「真的假的……」

雖然現代社會還滿危險不安的，但沒想到她們居然真的已經受害了。這的確是需要緊急處理的事情呢。

警察原則上不會介入民事。除非是演變成刑事案件——大多都為時已晚才會出動。

「萬理亞就是因為那個跟蹤狂的關係，好像從不久以前開始沒到學校上課了。學校雖然是想去的人在想去的時候再去就可以的地方，但是無法上學的人應該很痛苦吧。縱使她現在笑得很開朗。」

迅如此說道。

「總之就是這麼一回事，如果你沒問題的話，我打算就先跟那兩個人開始過同居生活。先一起生活了解對方的話，再婚應該鮮少會走到失敗的地步呢。」

「你的意思是一面暫時保護她們，一面觀察是否當得成家人嗎？」

「這畢竟是一種緣分。如果我們有能力保護，也會想要保護她們吧？」

迅的話讓刃更沉默不語，這是肯定的沉默。然後——

……嗯？

忽然間，他跟在另一頭的澪四目交接。她露出不安的表情，先前那強勢的態度彷彿沒出現過。刃更馬上瞇著眼詢問身旁的迅。

「——期間呢？」

「總之先同居一年。若出現致命性不合的狀況，或許再婚這件事就會提前有結論呢——但要回復原本各過各的生活，也得等在某種程度能確保她們安全之後呢。都已經像這樣見面過了，要是之後知道她們捲入什麼事件而受到傷害，我跟你應該晚上都會睡不好覺吧。」

老爸說得沒錯。一年後那兩個人的母親回國，就是決定是否要再婚的時間點。要是澪跟萬理亞發生什麼事，根本就連提都不用提。

更重要的是——刃更本身也不希望澪跟萬理亞遭遇什麼不測。

序曲
有了妹妹的日子

「可是住的地方怎麼辦？我們家可沒有多餘的房間喔！」

「屆時會去租適合的房子，不過已經有大致的目標了。為了確認我們是否當得成家人，環境盡可能跟再婚後接近是最好不過，屆時再婚的話就比較能快點進入狀況。」

「……那兩個人，知道你們要先婚前同居這件事嗎？」

「早就知道了。如果你沒問題的話，她們似乎非常期待呢。」

迅的話讓刃更一時語塞，但是不久又輕聲說：

「……我知道了。老爸你已經那麼決定了不是嗎？那就照你的意思去做吧。」

他不是因為死心才那麼說，而是發自真心。

「是嗎？不好意思，我一直瞞著你進行這些事。」

「沒關係啦！老爸你之所以會那麼做，應該有你的想法或苦衷吧。」

既然這樣，就等說得出口的時候再告訴我你的苦衷吧。

自己跟迅是有血緣關係的父子，早就已經建立好那種程度的信賴關係。

「過去刃更出問題的時候」──從他不惜拋棄一切挺身保護我的時候，就已經建立了那層關係。

「我們回去吧，老爸……不然那兩個人會擔心的。」

那麼說的刃更，與迅一起回去他們的桌子。當他們一往椅子上坐──

「……那、那個～」

口氣戰戰兢兢的萬理亞，往刃更他們這邊看。

「啊——抱歉……我們只是想聊一下男人之間的事情啦。」

「我想說這傢伙表情那麼嚴肅，到底想說些什麼，結果竟然是說『妳們兩個太可愛了，害他太過興奮』。傷腦筋——青春期的小鬼太容易春心大動了。」

「哈、哈、哈。老爸，等一下我們父子倆再好好聊一聊。」

今晚用拳頭徹底長談一番吧，就只有我們父子倆。

然後，對跟萬理亞一樣看起來很不安的澪——

「昨天突然得知許多事情，讓我有點嚇到……不過，已經沒事了。」

刃更如此說道。

「雖然不知道妳們母親回國以前，再婚這件事會不會有什麼變化……但與其來個閃電再婚，不如我們先一起生活，試試看是否當得成家人。我個人認為這個做法的確是不錯，這樣我們能慢慢地詳細地互相了解。」

「……真的嗎？」

澪不安地詢問，刃更對她說「真的」並點頭。

「我們家都是男人，有女生入住在各方面來說也算是件好事呢……對吧，老爸？」

「是啊。而且我從以前，就很想要可愛的女兒呢。刃更也一直想要妹妹，所以妳們兩個不用客氣，儘管跟我們一起住吧。」

「謝謝。」「哇～請多多指教——」

澪跟萬理亞彬彬有禮地鞠躬，然後——

「那麼刃更，以後也請你多多指教嘍？」

抬起頭的澪，接著對刃更笑盈盈地說道：

「可是——下次你再闖進廁所的話，到時候我會把你千刀萬剮的。」

「……是。」

她的眼神是認真的。看到刃更的表情整個僵硬，迅立刻出聲打圓場。

「那麼，呃——……接下來，我們就互相學習如何當一家人吧。」

當迅笑嘻嘻地如此宣布，全新的生活也跟著開始了。

「過程中或許會發生各式各樣的狀況——但我們大家要一起幸福喔。」

因此——雖然覺得有點前途多難，但這個時候，還算和平啦。

無論是東城刃更的日常生活——抑或是世界。

第1章　攻略繼妹的方法

1

——又是那時候的惡夢。

只有意識浮游在過去的光景中的同時，刃更知道自己在作夢。

深紅色。帶著那顏色的瘋狂眼神，低頭看著以前的刃更。

大人們的慘叫與怒吼響徹雲霄，背後是重要的朋友的哭泣聲。

就在那樣的狀況下，一條黑色人影慢慢逼近。

「——」

他拚命思考，只想著——得想什麼辦法解決才行。

但是發生在眼前的慘劇，漸漸把刃更的精神逼到極限。

然後下一秒鐘——刃更的視野整個變白。

意識慢慢變淡，也不知道自己是否得救了。

第1章 攻略繼妹的方法

只是——儘管如此，刃更還是在最後聽到有人在喊叫。
那句話，東城刃更至今仍忘不了。哭喊的女性聲音，一次又一次地反覆著。
宛如詛咒或什麼似地——請把那孩子還給我——她如此哭喊。

2

「——唔！呼……呼……——！」
刃更睜開眼睛，同時氣喘噓噓。仰望著天花板的他，知道自己的意識清醒了。於是他深呼吸，讓紊亂的心跳平穩下來。
……那個時候的夢，無論夢幾次都無法習慣……
仰躺著的刃更，直盯著自己舉到臉部上方的右手。
「……奇怪？怎麼還是覺得不舒服……」
夢明明已經醒了，呼吸怎麼還是不順暢。這時候——
「啊——你終於醒了。」
忽然間有聲音傳來。刃更視線往下移，代替被子的素色毛巾被上面——有個女孩用大腿夾住腰部附近，正騎在自己身上。她兩手撐在自己胸口，露出惡作劇的表情。那個少女——成瀨澪低頭看著刃更。

「早安。」「……早安。」

刃更反射性地向她回道早安。澪的體重很輕，而且可能是隔著毛巾被的關係吧，所以刃更沒有感到什麼重量。但是，真實的觸感讓他想起現在的狀況。

——從昨天起，自己跟她開始一起生活呢。

找了搬家公司並多貼一些錢之後，他們就會從打包到搬運全都幫你弄到好。而且服務周到又迅速。從他們在家庭餐廳初次見面過了一個星期。

東城家與成瀨家順利租到一間獨棟房子，並開始兩家人的同居生活。但是——

「呃——……妳這是在做什麼？」

「做什麼？叫你起床嘍。我想你們男生會喜歡像這樣被人叫醒。」

澪笑著對脫口提問的刃更說：「這是特別服務喔。」

她這麼做恐怕沒什麼其他意圖——但這的確是「特別服務」呢。

用這樣方式叫人起床的時候，通常都是坐在對方的肚子上面。但可能是隔著毛巾被的關係，她沒有找對位置，所以澪是坐在刃更的髖部位置，這簡直就是騎乘位了。

加上現在正值盛夏的季節。也是一年之中，女生的服裝最暴露的時節。講白一點就是穿

得很涼快。澪今天早上的打扮，是細肩帶的Bra-T，下身是熱褲。露出來的大腿在視覺上看起來很耀眼，而且她騎在身上的觸感也超讚呢。

不過跟那些比起來——刃更的眼神不由得被其他地方所吸引。

……好大喔。

其實在家庭餐廳見過面以後，那就一直讓他念念不忘。澪的胸部相當有料。那豐滿隆起的地方，幾乎快把材質伸縮性高的Bra-T給撐破。似乎能插進幾根手指頭的乳溝也相當深，而且從Bra-T側面看的話，呼之欲出的胸部側面線條——青春的肉體曲線畢露呢。

「好了，別發呆了，快點起來吧。」

「喔，好……」

怎麼辦？她本人應該沒察覺到吧。每當澪的雙手壓在刃更的胸口，她的巨乳就隨之搖晃的畫面實在太美好了。這使得刃更不由得不敢亂動。

「好了，再不快點起來的話……咦？」

她忽然察覺到什麼，並且露出狐疑的表情。然後，一面用手確認那奇怪的觸感。

「……那、那個，好像……有什麼硬硬的觸感耶？」

刃更不解地歪著頭心想「奇怪？」難不成，是因為她騎在我腰上，以致於產生什麼反應嗎？

第1章
攻略繼妹的方法

「呃……那該不會是男生特有的生理現象？」

「才、才不是呢！會是什麼呢……好像是手機或什麼吧。」

刃更「啊啊」地想起來。昨晚因為實在睡不著，逼不得已就玩起掌上型遊戲機。後來不知不覺中睡著了，應該就是那個吧。話說回來——

「我是很感謝妳來叫我起床啦，但是妳坐著的地方不是我的肚子，而是髖部。被女生坐在那種地方，要是『真的產生生理現象』，我可是不負責喔！」

刃更說的話讓澪的臉漸漸變得紅透，應該是終於發現自己太沒有防備了。我原以為她會馬上往後跳開，或是因為驚慌得踹我。想不到……

「說、說得也是呢……那種事情的確很難說呢。畢、畢、畢竟你是男的。」

她居然挺住了。恐怕是希望精神上能勝過刃更吧。但是明顯看得出她動搖了。看來事情如果照她預想的進行就沒問題，但要是出現預料以外的事態就不知所措了。所以，我決定試著捉弄她一下。

「……那麼，我起來嘍。」

「咦？你、你要起來了啊？」

面對這時候驚慌失措的澪，刃更「是啊」地說道。

「我也不能一直賴在床上吧，妳都特地來叫我起床了。」

「話、話是沒錯啦……可、可是！」

看到澪不知所措的樣子，刃更不禁苦笑。他從下方仰望著澪——

「既然會覺得尷尬，下次就用正常的方式叫我起床吧，不要再坐在我身上了。」

自認為是溫柔地告誡她。但是，澪紅著臉一副很不甘心的樣子。

「我、我哪有覺得尷尬啊……那不過是、是正常的生理現象啊！」

她不服輸地賭起氣來。刃更還沒來得及阻止——

「好、好了！快點起來吧！」

她抓住刃更的毛巾被一把拉開。

結果那個動作，使得某樣東西從毛巾被下被拋了出來——往澪的方向飛出去。

「咦……？」

澪下意識放開毛巾被，接住那個東西。那不是手機也不是掌上型遊戲機。當然，也不是生理現象的原因——況且「那玩意兒」是固定在下半身，要是被拋到半空中可就事情大條了。既然這樣，究竟是什麼？刃更的眼睛看到的，是一個塑膠製的盒子，那是電玩或影片的軟體常用的盒子——應該說，真的是什麼軟體呢。因為盒子正面是朝自己這邊，刃更的眼睛隨即捕捉到那上面的標題。

以美少女的插畫為主題的那部作品，名稱是——

第①章
攻略繼妹的方法

《我與真實繼妹的青春番外地》——是妹系電玩遊戲。

「咿……哇？」

澪把遊戲丟在刃更的肚子上，結果因為失去平衡而摔到床下。

「喂、喂喂，妳不要緊吧——嗯？」

結果這時候盒子的另一面朝上了。是盒子的反面，寫了澪剛剛看的遊戲內容。映著美少女的遊戲畫面，充滿青春肉體與馬賽克。

——那講白一點就是十八禁遊戲。而且，是跟輕鬆的標題完全不搭軋的調教系。

原本應該空氣清新的早晨，剎那間變成這世上最尷尬的早晨。

「這、這種東西怎麼會在我床上……？」

十五歲的刃更根本沒印象買過這種東西。但是在地板上的澪卻邊發抖邊說：

「你、你、你這傢伙……難、難不成跟我們開始同居的那個晚上，就在玩那種遊戲？我就知道……你希望我們做出跟那遊戲內容一模一樣的事情？」

「什麼『我就知道』！話說回來，我不記得我有這種遊戲——啊？」

「呀，等一下……哇？」

慌慌張張地否定並準備下床的刃更，也因為失去平衡而倒向地面。

可能是剛剛被澪坐著的關係，下半身都麻掉了吧。結果演變成壓在她身上的狀況。

「啊……」

簡直像是把她壓倒在地。兩人的臉已經近到幾乎能感受到對方的呼吸。

這近到連要說話都讓人猶豫的距離，還傳來女生甜甜的香氣。

因為往後倒的衝力，使得澪的Bra-T的肩帶從雙肩滑落到手臂。胸前的巨乳已經是呼之欲出的狀態，眼看衣服就快滑落到看得見胸部前端的地方。

而且刃更其中一邊的膝蓋，還夾在熱褲露出來的美麗大腿之間，若再往前動個一公釐，鐵定會抵到絕不能碰觸的禁區。

儘管時間只有短短的十幾秒，卻彷彿置身在永恆的沉默之中，雙方動都不敢動。

「你……」「……妳？」

澪好不容易發出聲音，刃更也跟著複誦。

「你這個變態態態態態態！」

「喔哈啊啊啊啊啊啊？」

澪往上頂的膝蓋，正好命中刃更的心窩。然後趁刃更的身體稍微浮起的空檔，澪迅速脫身。她跑到房門口，再回頭看倒在地上痛苦呻吟的刃更。

「下、下次再對我做這種奇怪的事情，我會殺你一百次！」

澪如此大喊地離開房間，只留下蹲在地上的刃更。

「等一下，這是誤會……」

他伸出手，發出喃喃的呻吟，但是沒有人在聽。

而床上的美少女插畫正往他這邊看，彷彿在嘲笑那麼狼狽的刃更。《我與真實繼妹的青春番外地》的女主角——露出溫柔的笑容。

「可惡……一定是老爸，一定是他把那種惡趣味的東西放進別人的被窩裡。」

因為還在放暑假的關係，刃更直接穿著睡衣下到一樓。

話說回來，刃更要是惹人嫌的話，感到困擾的應該是迅吧。那個老爸真的不在意再婚的事泡湯嗎？

不～先撇開再婚這件事不說，我可不希望因為誤會而讓別人懷疑我的人格呢。

「總之，等一下得好好把誤會解釋清楚呢……」

一打開客廳的門，早餐的香味立刻刺激著鼻腔。

尤其是剛烤好的麵包香氣，讓空蕩蕩的胃做出反應。這時候——

「啊，刃更哥。早安。」

視線的前方，是在開放式廚房煮東西的萬理亞，注意到刃更而出聲喊他。

「啊，嗯……早安。」

刃更輕輕點了頭回應，看樣子澪還沒對她宣揚剛剛那場誤會呢。

迅跟澪都不在客廳。會是上廁所嗎？還是跑到洗臉台整理儀容？鬆了口氣的刃更往廚房走去。

「嗯～嗨咻……」

只見萬理亞個頭雖然嬌小，卻能熟練地用平底鍋。

縱使是家中年紀最小的，但可能也是因為沒去上學的關係吧，據說萬理亞可是擅長所有家事呢。因為在還沒同居以前，她就發下豪語說家事全包在她身上。

而正在做家事的萬理亞身上，穿著像是新婚妻子會穿的白色荷葉邊圍裙。

讓人困擾的是，外表稚嫩的萬理亞做這樣的打扮，反而散發出與眾不同的性感魅力。

刃更從櫥櫃拿出杯子，另一手打開冰箱拿出盒裝鮮奶注入杯中。

「再等一下喔，馬上就好了——」

「喔，謝——噗噗噗噗噗？」

嘴裡含著牛奶的刃更，不由自主地噴了出來，還在空中形成一道小彩虹。

那是因為他看到萬理亞轉身面向自己的模樣。

第1章
攻略繼妹的方法

「哎呀呀——怎麼都灑出來了，刃更哥你一大早就這麼調皮啊。」

萬理亞露出沉穩的笑容，還小跑步到刃更這邊來。

「唔，等一下！等一下啦，萬理亞！」

刃更連忙以雙手擋在面前制止她。

「咦？怎麼了嗎？」

萬理亞訝異地歪著頭感到不解。她的舉動就像企鵝那麼可愛，讓人不禁想跟著她一起歪起身體。但是，眼前更重要的是——

「我還想問妳怎麼了，妳怎麼那身打扮……？」

刃更指出問題點，因為是裸體圍裙——是真實的裸體圍裙。都已經二十一世紀了耶。不行，我要冷靜下來。是企鵝，只要想成是企鵝的裸體圍裙，應該可以——才怪！

「呃——……有什麼不對嗎？」

刃更還沒來得及阻止，萬理亞再次原地轉一圈。不過——

「……奇、奇怪？」

萬理亞其實有穿衣服。因為她身上的細肩帶被圍裙重疊蓋住，下面又搭迷你裙，所以從正面看才會像裸體圍裙。結果萬理亞——

「……我明白了，原來如此啊。」

萬理亞低頭看了自己的模樣，大概發現到刃更在緊張些什麼，於是「嘻——」地笑道：

「畢竟你是青春期的男生呢，刃更哥……這對你太刺激了嗎？你興奮了嗎？」

這的確是太刺激了，但不是什麼好康的事情。

「……你有想什麼失禮的事嗎？」「沒有沒有。」「請你盡量興奮吧。」「哈哈哈。」

刃更心想，「兄妹之間講這種話未免太奇怪了吧」。

「對了。剛才澪去叫你起床，結果怎麼樣？」

「……託她的福完全清醒了喔。」

他不敢說在早餐前吃了她一記膝蓋頂擊，不過——

「不不不，我不是說那個啦。」

萬理亞表情認真地揮著手。

「我在刃更哥的被窩裡塞了那塊遊戲——你對澪做了嗎？」

「那是妳幹的啊啊啊啊啊啊啊啊啊啊！」

刃更忍不住大叫起來，逮到犯人了，想不到竟然是萬理亞。

「妳到底在想什麼啊？怎麼會把那種惡趣味的東西……」

「想什麼……我覺得刃更哥好像對繼妹的調教不是很熟悉。」

「怎麼可能熟悉啊！話說回來，為什麼我非得調教那傢伙不可啊！」

第1章 攻略繼妹的方法

「咦？因、因為……」

萬理亞突然困惑得不知所措。

「不然繼妹除了調教以外，還有什麼用途嗎？」

「當然有啊啊啊！話說回來，『用途』是什麼意思？怎麼扯到『用途』了！」

真是不可小覷。現在的國中生都知道些有的沒有的事情，這個蘿莉妹妹，到底把自己的姊姊當成什麼啊？這時候萬理亞邊揮舞著拳頭邊說：

「可、可是……那個遊戲看起來好像很厲害耶？最後完全擄獲繼妹的心，光是用言語攻勢就能讓她露出很爽的表情，甚至高潮。所以刃更哥你要好好學學呢。」

「我才不要咧！況且，為什麼我非得學那些事情不可啊！」

「因、因為……繼妹除了露出很爽的表情跟高潮以外，就沒有存在的價值啊——」

「當然有！要多少都有喔！」

快向所有三次元與二次元的繼妹道歉。不，在做那種事以前——

「那個，萬理亞小姐……？」

刃更邊用敬語邊詢問，雖然他覺得應該不可能。

「那個遊戲……該不會是妳的私人珍藏吧？」

刃更戰戰兢兢地嚥口水，心想「如果真的是該怎麼辦啊」。

「討厭啦，刃更哥，那怎麼可能呢？我還是國中生喲！」

萬理亞「啊哈哈」地邊笑邊揮手。

「因為接下來要受刃更哥的照顧，算是送給你的搬家賀禮喔。」

「那真是最爛的搬家賀禮，既然要送也送個像樣一點的東西吧。」

「……也就是說，『遊戲無法滿足你，最好是真人上場』是嗎？」

「咦……？」

「知、知道了。雖然很難為情，別人也就算了，但如果是刃更哥的希望……」

接著萬理亞就當著目瞪口呆的刃更面前，「咻」地脫下圍裙。還害羞地把手伸進迷你裙裡，把裙子撩起來，接著刻意忸忸怩怩地說：

「那、那個……我對調教不是很了解，可是一開始就在這麼清新的早晨進行，這等級會不會有點高啊？」

「誰要做啊！更何況調教這種事情，哪是我們國高中生做得來的等級啊！」

「唔——在吵什麼啊？」

這時候，從客廳入口有聲音傳來。是穿著睡衣，腋下夾著報紙的迅。刃更急急忙忙想解釋的時候，哪曉得萬理亞竟然先紅著臉說：

「那個……其實我正準備要讓刃更哥，對我進行第一次的調教呢。」

「都說我不會做了——」
「——這樣啊，原來如此。」
緊接著走進客廳的澪，則是用像是看到禽獸般的眼神看刃更。
「你……剛剛才把我壓倒在地，現在換成要跟萬理亞享受青春番外地。原來如此——」
「少講那些毀人名聲的話！剛剛我只是腳麻了而已！」
然後，刃更像是想起什麼似地說「對了」。
「妳聽我說，剛剛那個遊戲是萬理亞她——」
「咦？你在說什麼啊？」
忽然間有人裝傻了。
「我完全不知道你在說什麼。請刃更哥不要把自己的興趣，硬推到我身上喔。」
「唔……妳只有這種時候給我裝清純。」
明明是妳為了捉弄我，故意把手伸進裙子裡擺出等我調教的模樣。
「老爸……你也說說話吧！」
長久以來我們父子倆相依為命地生活，一定可以心靈相通。結果先坐在桌子旁邊的迅
「啊啊？」地應聲並從報紙抬起頭，然後「嗯～」地撫摸下巴。
「我能了解你有了兩個可愛的妹妹，心情變得非常雀躍——但是千萬不要做出犯罪的事

情喔。」

「你根本就不了解！」

刃更心想，「太扯了吧」。明明是在自己家裡，這種疏離感到底是怎麼回事啊？

3

一旦要開始新的同居生活，自然就會冒出一些必需品。

這一天。大家在上午把搬家剩餘的一些行李整理整理，下午就去家具店，購買窗簾跟被單等新的必需品。光是在寬敞的店內逛一圈，就意外地還滿花時間的，準備回家的時候太陽已經西下了。

——然後現在，東城刃更正踩著腳踏車。

為了盡快熟悉剛搬來的環境，所以就到住家附近晃晃。

「到了傍晚，天氣就涼快多了呢。」

這喃喃所說的話，不是他在自言自語，是因為澪坐在後面的載貨架上。

「為什麼找我……」

她邊摟著他的腰邊不滿地碎碎唸。跟女生共乘腳踏車，而且還是超巨乳。對男人來說是心跳加速的展開，但沒想到會變得這麼不開心。

「別那麼說嘛……我對這附近又不熟，『但是妳經常來這裡啊』。」

澪念的高中就在新家附近，所以出門的時候就試著邀她，刃更說「如果不介意的話，希望妳能帶我認識這裡的街道」。她似乎已經明白早上那個遊戲是萬理亞的惡作劇，但那尷尬的氣氛還是沒那麼容易消除。澪露出露骨的厭惡表情，儘管一直在發牢騷，但最後還是答應當他的嚮導。

「我說……刃更，你真的要轉來我學校？」

「應該是吧。」

對於來自背後的詢問，刃更給了她肯定的回答。

——轉學這件事是迅提議的，雖然從新家也是可以繼續念之前的學校，但轉到澪的學校，只要走路就能到。而且那兒的校風也不錯，既然這樣就決定轉學。而且自己升上高中才剛過完一個學期，雖然不至於沒有要好的同班同學，但是對念的高中並沒有什麼留戀。

而且……

聽說澪以前有過遇襲的經歷。要是藉由刃更跟她念同一所學校，而能夠稍微避免那種狀況跟風險，那轉學應該比較好吧。

坐在後面的澪只「哼～」了一聲，並沒表示刃更的決定是好是壞。在夕陽映紅的街道上，載著刃更與澪的腳踏車緩緩前進。這時候——

「……喂，可以問你今天早上作了什麼夢嗎？」

「……啊——」

被她這不經意的口吻一問，刃更抓了抓臉。他在澪來叫自己起床以前，應該呻吟得很厲害。看在她的眼裡，當然會有那樣的疑問。

……她是在擔心我吧。

面對澪沒有硬要追問的態度，刃更想著「該怎麼說呢」。

很遺憾的是，自己的事情是「不能對普通人的澪說」。所以——

「很久以前……我住在鄉下的時候，發生了一些事情。那該說是心理創傷嗎……我到現在還偶爾會夢到當時的事情。」

「……這樣啊。」

澪只是簡單回答就沒再追問下去，不過可以感覺到彼此間的氣氛稍微緩和點了，那一定是澪在替自己操心吧。

真的很感激。

要是照實全說的話——恐怕刃更將無法跟澪與萬理亞一起生活了。

因為被要求出來閒逛的時候順便買食材回家，刃更跟澪便前往超市。

「買好多喔……」

因為剛搬新家的關係，不光是食材，結果連調味料這種東西都買了不少。

「我先去牽腳踏車過來。這些東西應該很重，妳直接把手推車推到出口吧。」

「嗯，了解。」

澪輕輕點了點頭，刃更則先走出店外。

就在他好不容易到腳踏車停車場，把鑰匙插進自己腳踏車的防盜鎖的時候。

『——可以問你今天早上作了什麼夢嗎？』

他想起澪的話，而早上的惡夢又在腦裡閃過。就在這時候——

「……——唔！」

他剎那間忘記呼吸，心跳也整個加速，刃更不禁按住自己的胸口。

——要是能忘掉的話，不曉得會多輕鬆呢。但是，那是不可能忘記的。

那是發生在五年前的事件。刃更既是被害人，同時也是加害人。

所以，往後東城刃更將一輩子背負這個痛苦。

「……啊，糟糕。」

刃更想起澪還在等著，於是推著腳踏車到超市門口，也立即在擁擠的人潮中發現到她。

刃更嚇一跳地皺起眉頭，因為澪正被四個一看就知道非正派人士的青年圍住。

然後澪揮開一名不客氣地把手伸向她肩膀的男子的手，並狠狠瞪他一眼。

「——不要碰我，誰敢碰我，我就殺他一百次！對吧，刃更！」

她好強勢。若是普通高中男生，搞不好就打退堂鼓呢。但很遺憾是，對這四個人並沒啥效果，他們還是嘻皮笑臉地圍在她身邊不肯離開。

所以刃更先試著用和緩的語氣跟對方搭話。

「……那個——請問你們找我同伴有什麼事嗎？」

「——嘎？你是誰？」

「不是，我是那女孩的同伴。」

「這樣……所以呢？」

奇怪？一般知道有男伴的話，不是都會知難而退嗎？

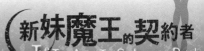

面對這不太妙的發展，澪表情僵硬地往我這邊看。

……好了，這下該怎麼辦呢？

當刃更陷入思考的時候，距離最近的青年嚼著口香糖，歪著頭走向他。不曉得是要威嚇還是挑釁，不過那不爽的表情的確做得相當不錯。
「你叫刃更？哈，好土的名字喔——」
「——沒有你那張臉土。」
刃更不爽地說道，並且把腳踏車的把手一拉，將車頭舉起來。腳踏車的前輪高高舉起，變成拖孤輪的狀態。
「啊——？」
青年因為被這舉動吸引而往上看，刃更隨即把前輪往他臉上打下去。正中目標。青年簡短發出「噗耶」的聲音，整個人就往後倒了。
——面對這突如其來的狀況，在場所有人全都愣住了。
刃更自然地立起腳踏車的支架，快步穿過剩下的三名青年來到澪的身邊，再將手伸進放在手推車購物籃中的環保袋裡。
「你這傢伙——！」
他迅速卸下剛買的小罐調味料蓋子並往終於理解眼前的狀況，過來準備K人的青年們灑下去。
「喔哈？」「你、你這……哈啾！」「我的眼睛，眼睛好痛……哈啾！」
他們當然會有這些反應，那可是價值二百九十八日圓的經濟包裝桌上用胡椒粉呢。

「——好了，妳還愣著幹嘛？快逃吧！」「咦？咦？」

刃更抓著不知所措的澪的手，還有購物籃中的環保袋往前衝。

眼前最重要的，就是盡快逃離這裡。他把環保袋硬塞進腳踏車前面的籃子裡。

「抓緊，要衝了喔！」

當澪一在後面坐好就全力衝刺，就在這個同時——

「咕哈——？」

腳踏車好像輾到什麼軟軟的東西，大概是最初被前輪打暈在地上的青年吧。不過很抱歉，現在沒時間理你了。

東城刃更站著踩腳踏車，傾全力想離開那個地方。

然後——當載著兩人的腳踏車在街道狂飆一陣子。

刃更心想「應該沒追來了吧」的這個時候，剛好紅燈亮了而停下來。

「呼～來到這裡應該沒問題了吧……」

因為在盛夏中全力衝刺的關係，刃更的呼吸有點喘，額頭也滲出汗水。這時候——

「……對不起，都是我害的。」

背後傳來的澪的聲音，聽起來帶有欽佩的語氣。澪把額頭「啪」地抵在刃更的背上，整個人輕輕靠了上去。刃更越過肩膀輕輕回頭看，看到澪這時候的表情。可能是覺得把刃更捲進自己的麻煩而感到過意不去吧，眼睛往下看的澪，表情顯得很悲傷。

……原來她也會露出這種表情啊……

意外發現到澪的另一面。但是，刃更不希望她繼續露出那種表情，但是又找不到適當的言詞安慰她——儘管如此。

「呃——不然這樣，我們稍微繞點路再回家吧。」

就在交通號誌變綠燈的同時，刃更把開始往前的腳踏車車頭轉到其他方向。

「……咦？」

看到腳踏車開始往與家不同的方向行進，澪訝異地叫出聲。

但是刃更並沒有停下來，這個時候已是黃昏，現在過去的話，應該正是時候。

刃更帶澪來的地方，是一處以占地遼闊聞名的公園。

這裡還有一處人稱「夕陽之丘」的觀光景點，因為在當地很有名，在這裡念書的澪應該知道吧。所以，刃更才會大膽帶她到這空無一人的場所。

雖然那不是公開的瞭望台，卻是能夠一眼望盡街道風景的景點。

「哇啊……！」

俯瞰街景的澪發出驚喜的聲音。果然照刃更計算的，到達的時間剛剛好。整個世界染上勻稱又柔和的紅色，夕陽美景就攤在眼前。

「好美喔……可是你不是才剛搬來，怎麼會知道這種地方？」

「當老爸決定租那個房子的時候，我也一起過來看。因為聽說這座公園很有名，在等簽合約的時候就自己一個人跑來了。結果偶然發現這個地方。」

站在澪旁邊的刃更說道。

「相當不錯吧。」

「嗯。想不到還有這麼美的地方啊……我完全不知道呢。」

「下次我們晚上過來吧，這公園的夜景也很有名，我想從這裡應該也能看到美麗的夜景呢。」

他提議了小小的未來約定。結果——

「嗯……說得也是呢……下次再來吧。」

澪的神情突然變得憂鬱起來，從這裡也看得到剛才那家超市，或許是想起被那群青年糾纏的事情吧。刃更邊說「那個」邊用手指搔著臉頰。

「今天……早上，妳不是來叫我起床嗎？」

澪聞言轉過頭來看他，因此刃更用和緩的語氣接著說：

「所謂的家人——我想大概就是彼此間無論多麼需要照顧或惹麻煩，都能夠容忍吧。」

「咦……？」

「對妳來說，如今我跟妳的關係是親近到近乎可以在早上叫我起床的程度吧？當然我老爸跟妳與萬理亞的母親是否要再婚，也還沒有完全底定……儘管如此，我希望我們今後能一起生活，即便是小事也互相幫忙、互相認可，慢慢變成家人。」

因為——

「至少我覺得剛剛在超市做的，是理所當然的事情。我想我老爸，也有相同想法。要是妳或萬理亞再捲入那樣的麻煩，我跟我老爸都一定會出手救妳們的，而且無論多少次。所以，妳們就不要對這種事感到在意，或因為客氣而不敢叫我們幫忙。因為那種事情，就像妳早上叫我起床一樣，是理所當然的事情。」

總之，我設法把自己的想法化成言語表達出來。

「…………」

但是澪緊閉著嘴不發一語，是我的說法太拐彎抹角了嗎？

……我的口才果然很差呢。

這種時候，要是迅的話應該能用更簡潔明快的言詞表達吧。無奈刃更沒辦法像那個老爸能自信滿滿地言之有物。

「呃——所以……」

就在刃更盯著地面，想著怎麼把話說下去的時候。

「……你很跩耶。」

忽然間的呢喃，讓刃更抬起頭來。而身旁的澪，臉上則露出了笑容。

「剛才的刃更有一點點哥哥的樣子呢。」

「……是嗎？」

「嗯，一點點。」

喔喔，這感覺真不錯。

「既然這樣，今天早上跟家庭餐廳的洗手間發生的事就既往不咎——」「那還不行。」

澪回的話很冷淡，但聲音是開朗的。而先前的沉重氣氛，也彷彿不曾存在過似的。刃更心想：「我們要成為真正的家人這條路，一定還很遙遠吧。」

不過自己跟澪，現在或許已經縮短一步的距離了。所以——

「好了，我們差不多該回家了。我肚子也開始餓了呢。」

回到共同的家——像家人一般。刃更轉過身走向停著的腳踏車。

「……說得也是，萬理亞跟迅叔叔也還在等我們呢。」

背後傳來澪沉穩的聲音，腳步聲也跟著靠近。

兩人的影子慢慢往同一個方向走去。

——不過。

「————」

背對著澪的刃更只看得到她的影子，無法看到澪此時的表情。

至少看不到她那比剛剛還要悲傷的痛苦表情。

4

同居生活開始至今，已經過了一個星期。

當然還無法脫離「熟人以上，家人未滿」的領域。

不過跟當初比起來，已經不再那麼尷尬不自然——就在這個時候。

「——明天起，我因為工作的關係要出國一趟。」

「咦……？」

迅一回到家就在玄關突然說這些話，刃更不由得反問。

澪跟萬理亞並沒有聽到，因為兩人這時候，正在廚房準備晚餐。

「義大利的客戶想要阿拉伯的照片，所以我要去一趟杜拜。」

迅的職業是自由攝影師，是以拍照為業的專業人士。

因此，偶爾也會到國外拍照。

「等、等一下！」

刃更連忙從後面追向拍拍自己肩膀就上樓的迅。

「這話是什麼意思？怎麼這麼突然要去杜拜！」

跟在迅後面進了他房間的刃更繼續追問。但是迅卻只是淡淡地說：

「對方是老客戶，我也沒辦法啊——」

可能是為了明天開始的工作做準備吧，迅正忙著把鏡頭裝在相機上。

迅是在全世界都有顧客的特殊攝影師。「ＪＩＮ」這個名號在業界一部分人之間可是非常有名，他拍的照片還被評價具有繪畫般的藝術性。他不僅有大批的粉絲，年收入也比同行的攝影師多一兩個位數。

「我知道客戶很重要……可是真的沒辦法推掉嗎？」

跟澪與萬理亞的同居生活才開始沒多久，現在可是正值重要且微妙的時期。

但是這個時候，家裡唯一的大人——迅要是不在家，就少了精神上的支柱呢。

「反正我們家也有足夠的積蓄應付普通的生活……」

「自由業者可是首重信用，要是拒絕一次，那個客人就不會再來找我喔。」

「可是……老爸是這個家的家長，保護家人也是你的工作吧。」

「『所以我才要去啊』。你聽好了，我不在家的這段期間，保護家人就是長子的工作了。」

「話是沒錯……」

被迅這麼教誨的刃更，想不出任何可反駁的話，迅輕輕把手放在他的肩頭笑著說：

「別擔心，你一定辦得到的——畢竟你是我引以為傲的兒子呢。」

——然後隔天晚上。

「那麼，我不在的這段時間就拜託你照顧這個家嘍。」

輕鬆講完這句話之後，迅就坐著計程車離開了。

「傷腦筋……」

刃更低頭望著手上某樣東西——是迅交給他的一張照片。是昨天四個人在家門口一起拍的紀念照。果然，刃更的表情顯得抽搐不自然。

「……嗯？」

不過，刃更忽然間發現自己看的照片有些格格不入的感覺。

照片中的澪跟萬理亞的確帶著笑容，不過——

……是我的錯覺嗎？

可能是光影的問題吧。澪的表情看起來有些寂寞，或許還是因為迅這個大人不在家而感到不安吧。

「——好吧！」

刃更做好決定以後便走出自己的房間。他邊下樓邊想著「今天就叫壽司或鰻魚飯的外賣好了」，反正迅給了自己一張信用卡，這種時候為了要活絡氣氛，最好的方法就是吃一頓好料。所以刃更打開客廳的門——

「妳們兩個，關於今天的晚餐——」

就在他話說到這裡的時候，才發現室內瀰漫著沉重的氣氛。

「…………」「…………」

坐在沙發上的澪跟坐在餐桌椅的萬理亞，聽到刃更的叫喚都沉默不語。

只不過她們是有反應——是對刃更投以冰冷到讓人凍僵的視線。

——所以，刃更無奈地嘆了口氣。

啊～啊，出現了。看吧，真的出現了。雖說她們的個性有些難搞，但突然多了兩個可愛的妹妹，這絕對大有問題。「到此的幸運反作用力」終於出現了。

這也是沒辦法的事。畢竟眼前要面臨的不只是唯一的大人不在家，接下來可是只有年輕的男女住在同一個屋簷下。突然演變成那種狀況，也難怪她們會對我有戒心。話雖如此——

「…………………………」「…………………………」

這沉默不會太長了嗎？這要是出現在電視或廣播節目上，可完全是播送失誤的層級呢。

「那個——我要叫外賣，妳們覺得呢……譬如說叫壽司或鰻魚飯。」

刃更還微妙地用非常客氣的語氣提議說，「點最高級的也沒關係喲」。結果——

「……那個刃更，有件事想拜託你。」

澪好不容易開了金口。

「沒問題，什麼事？怎麼了嗎？有什麼希望妳儘管說吧。」

刃更立刻走向澪。她終於主動說話了，就算是這麼一點小事也讓他超開心。

然後——東城刃更聽到澪說「拜託你」，她用冷得透骨的聲音說：

「——離開這個家。」

刃更頓時僵住，拚命想這時候該說什麼話好。

「呃——……」

嗯，有點嚇到了。真的有點嚇到呢——因為想問她們要叫什麼外賣，卻迸出要我離開這個家這句話。對話再怎麼搭不上線也該有個限度吧。

「……不好意思，可以請妳再說一遍嗎？」

總之刃更試著摸索自己聽錯的可能性——縱使希望渺茫。

「——」

這時候萬理亞朝著這邊輕輕舉手，彷彿有什麼意見要表達而舉手——但事實並非如此。

她嬌小的掌心對著刃更——

「咦——？」

正當他心想——「做出那個舉動的萬理亞，手發光了」的那一瞬間。

刃更突然挨了一記宛如暴風般的力量，整個人被轟飛到牆上。

「嘎哈——？」

他的背部受到衝擊，剎那間無法呼吸的他不禁劇烈咳嗽。這時候——

「——你沒聽到『澪大人』說的話嗎，刃更哥？」

萬理亞就站在自己眼前，不曉得她什麼時候來的。

她的臉上浮現出冷酷的表情，簡直像變了個人似的。

「剛剛……那是什麼，妳們是……？」

對於刃更這理所當然——不，應該說是必然的詢問……

「哦……你相當冷靜呢。」

萬理亞有點訝異地說道。還說了改變東城刃更日常生活的決定性一句話。

「『頭一次見識到魔法的人類，大多會陷入恐慌的狀態』。」

「魔法……？」

萬理亞對皺著眉頭的刃更回以「對」的肯定回答。

「你一直覺得那是虛構或幻想的產物嗎？其實魔法真的存在喲——不，不光是魔法。還有除了人類以外的種族。」

就在萬理亞說話的同時，她的背部開始泛起藍光，還有什麼東西啪沙地展開。那是人類絕不會有的東西——「黑色的翅膀」。連她的耳朵也變得跟以前不一樣，變成尖尖的形狀。

是非人類。就算無法相信他們的存在，但任誰都知道他們的名字。

「原來妳們——是惡魔啊。」

「一點也沒錯。」

刃更喃喃說道的同時，立即就有了答覆。

而且是斬釘截鐵的答覆。雖然讓人難以置信，但看樣子好像是真的。

「然後我們希望刃更哥你離開，至於這個家，就由澪大人接收了。」

相對於理直氣壯說這些話的萬理亞，澪說了「離開這個家」以後就一直沉默不語。

……澪大人，是嗎……

從萬理亞改變對澪的稱呼判斷，刃更看出兩人的關係。所以他問：

「……這到底是怎麼回事，澪？現在這個狀況，是妳唆使的嗎？」

「可以請你說話小心一點嗎，刃更哥？你不過是區區的人類，對未來的魔王未免太不敬了。」

對於刃更的詢問，萬理亞從旁插話這麼說。

「妳說……魔王，她嗎？」

「這世上存在著叫惡魔的種族，所以存在著統治那支種族的王，也是理所當然的事吧？就跟我們天生的死對頭神族一樣，有著相當於王的上位神。順便一提，你們口中的勇者其實也存在喲。不過，那些傢伙為了隱藏自己的身分，基本上都住在隱蔽的村落裡，因此普通人並不知道他們的存在呢。」

「……………………」

聽到她若無其事地講這些話，刃更並沒有說話。就算突然聽到那些事情，他還是無法相

信自己所處的狀況。

「……魔王為什麼想要這種家？既然是魔王，在魔界應該有巨大的城堡什麼的吧。」

「這其中有許多原因喲。至於詳細情形，我們沒有義務向你說明。總之，這個家就由澪大人跟我接收了——我們要把它當做在人界的據點。」

原來所有的一切都是為了把這個家當做據點而演的一場戲。這樣的話——

「那麼，我老爸跟妳們母親再婚的事情——」

「『那是完全不存在的事情』。我們跟迅叔叔是碰巧在路上認識的。他看起來很豪爽，真的是個大好人呢……所以我就用我的——夢魔（Succubus）的魔法操縱他的記憶了。」

Succubus——是女夢魔也是淫魔。假使那就是萬理亞的真實身分，那麼讓夢境以為是現實這種事，對她來說可是輕而易舉呢。

「原來妳用魔法欺騙我老爸，還捏造他與妳們完全不存在的母親相遇，甚至於要再婚這種事，讓他完全相信那些虛構的記憶是嗎……」

「沒錯，接下來就輪到刃更哥你了。」

萬理亞如此說道，並把手對著刃更。

「父親出國以後，與兩個女孩無法融洽生活的刃更哥，在迅叔叔回來以前離開了這個家——給你這樣的記憶應該可以吧？」

相對的刃更並沒有說話，他不發一語地看著正前方的萬理亞，然後是澪。

這時候澪迅速從沙發站起來，終於跟刃更四目相接。

「抱歉——這個家我們接收了。」

她冷冰冰地說道，並露出幾天前與那群不良青年對峙時的相同眼神。

「你就乖乖接受萬理亞的魔法，快點離開這個家。否則我就要大叫了。然後我們會在你腦子裡輸入對我們動粗而不得不自首的記憶，然後再叫警察過來。你應該不願意因為對未來的妹妹施暴這項罪名，而被關進看守所吧？」

「…………是嗎？」

聽到澪說的這些話，刃更低著頭只簡短那麼說。

這時候，萬理亞對準刃更的手發出光芒。

「澪大人，您覺得該怎麼處理比較好？雖說是夏天，但讓他露宿街頭有點可憐耶。乾脆讓他回去生長的老家，到親戚家暫住……這樣的記憶可以嗎？」

「……說得也是，就那麼決定吧。」

澪如此說道。

「掰掰，『哥哥』……雖然我們相處的時間不長，但我過得很快樂喔。」

然後澪那句話有如信號一般，萬理亞手中的光芒朝著刃更釋放。

萬理亞釋放的，是讓人產生夢境並操縱其記憶的夢魔魔法。

因此刃更的記憶會遭到操縱，自行離開這個家——照裡說應該那樣的。可是——

「……咦？」

操縱記憶的魔法，的確命中刃更了——但是，刃更卻動也沒動。

……奇怪了。

萬理亞不解地歪著頭，準備再次對刃更釋放操縱記憶的魔法。

「咦……？」

她不禁眨了眨眼，原本應該在眼前的刃更，居然消失不見了。

就在心想「不會吧」的同時，萬理亞迅速往背後——自己的死角回頭看。

結果在客廳中央——東城刃更就站在那兒。

想不到一下子就讓他移動到自己後方，那個事實讓萬理亞不禁嚥了一口口水。

「你、你想反抗嗎……小心會嘗到苦頭喔。」

她對刃更投以嚴厲的眼神。原本沒打算要傷害他，但看來是沒辦法了。萬理亞詠唱剛剛把刃更轟飛的風之魔法，然後釋放。颳起的風筆直地衝向刃更——就在那一瞬間，伴隨著

第1章
攻略繼妹的方法

「鏗——」的尖銳震動聲，「魔法之風解除了」。

「什麼……？」

萬理亞覺得一瞬間好像看到一道橫向劃過的白線——下一秒鐘自己的魔法就被瓦解了。

驚愕的萬理亞望著眼前的刃更，手上不知什麼時候拿著一把巨大的劍。金屬裝甲一直覆蓋到他的手肘，是因為跟劍締結契約的關係吧。

因為締結過契約的武器，其力量會回饋至使用者的肉體。

「……有什麼好訝異？」

刃更慢慢抬起頭。他宛如變了個人似的銳利眼神，刺向萬理亞這邊。

「妳剛剛不是說過嗎？這世上有像妳們這樣的魔族，也存在著妳們的死對頭神族。」

然後吸了口氣。

「還有——『也存在著勇者一族』。」

「不會吧……怎麼會呢？」

在旁邊的澪目瞪口呆地說著：

「聽說勇者一族都待在隱蔽的村落……怎麼會在這種地方，過一般人的生活……」

「那件事我可沒有義務向妳們解釋喔。」

萬理亞訝異地看向冷冷打斷澪的話的刃更。

……想不到，居然會有這種事……

難怪操縱記憶的魔法會沒用。夢魔之所以能夠讓對方產生夢境並操縱記憶，是因為針對的主要是魔力比自己差的對象——僅限於對魔力毫無防備的普通人類。像勇者一族這種對付魔族的專家是行不通的。

但是——跟那個事實比起來，另一個震驚的事實讓萬理亞的思考一陣混亂。

就是對於刃更剛剛小試身手的行為，她只覺得「這是不可能的事」。

萬理亞剛剛使用的，的確不是攻擊用的風系魔法。她選擇飛行用的魔法只想把刃更吹飛，讓他稍微吃點苦頭而已。那既沒有殺傷力，也沒有什麼太大的威力。所以對方是勇者的話，被彈開或劈開都不足為奇。

——但是刃更剛才揮劍解除了萬理亞的魔法。不，不只是那樣。

魔法一旦發動，無論對方用什麼方法防禦，都會產生類似魔力殘骸的東西。然而，被刃更劈開的魔法卻「連一點殘渣都不留」，完完全全被消滅，彷彿那魔法被當作不曾存在過。

「我已經……跟勇者或魔族，沒有任何關係了。」

如此說的刃更慢慢地往前邁一步。

「但是很不巧的，我也沒打算乖乖被妳們幹掉。」

話一說完，刃更彈起來似地移動了。

那是讓他與萬理亞的距離，一瞬間就消失不見的神速。

「——唔！」

不妙。就在萬理亞為了保護澪而迅速擋在她前面的同時。

刃更的劍已經朝萬理亞與澪揮下去。

「————」

東城刃更看著自己差點劈下去的兩名少女，正緊張地閉著雙眼。

手裡的劍——在千鈞一髮之際停了下來。

「……啊。」

發現自己沒事的萬理亞與澪癱坐在地上。

想必是嚇到腿軟了吧。所以刃更解除自己的魔劍——布倫希爾德的具現化。

「為什麼……」

澪茫然地問道，刃更不發一語地背過身去。

他對她們感到非常憤怒，無法原諒她們的所做所為。但是——

「……滾出去。」

刃更只簡短這麼低喃。

「我不管妳們是魔族還是魔王，總之都跟我沒關係。不過，我家可沒那麼好心，收養欺騙我……甚至是我老爸的傢伙。這次我就放妳們一馬，妳們的東西我過幾天會送去給妳們，看是要送去哪裡都沒問題。所以——馬上給我滾出去！」

幾分鐘後——東城家的客廳籠罩著一片寂靜。

澪跟萬理亞在癱軟的雙腿恢復正常以後，就離開了這個家。然後，讓魔劍布倫希爾德回復項鍊的待命狀態，刃更坐在沙發上。

「…………」

他緊咬著牙根，按著抖個不停的右手。

……沒事的。

刃更拚命對自己這麼說。這是睽違許久的戰鬥，感覺也還沒有恢復。

所以，會發動「那個招術」純屬偶然。

——五年前，自己還在勇者一族的村落時，東城刃更曾惹了大麻煩。

由於「某事件」引發的契機，導致自己的能力失控。

第 1 章
攻略繼妹的方法

當時所造成的損害，老實說並不允許自己像這樣過正常的生活。

但鑑於諸多事情的結果，就是跟迅一起離開村落。總而言之，就是被逐出村落。

然後父子倆來到東京，開始過起不習慣的都市生活。

「……可惡！」

刃更恨恨地說道。但是，這句話並非針對澪跟萬理亞。

當然，東城刃更也沒打算原諒澪跟萬理亞。因為她倆想要欺騙刃更跟迅，是無庸置疑的事實。但是，讓他忍無可忍的還有一個人。

──那就是，曾經被稱為「最強勇者」的男人。

以勇者的能力來說，是遠遠在刃更之上的父親──迅。

「那個男人，不可能沒察覺到澪跟萬理亞的企圖」。雖然萬理亞說她用魔法操縱了迅的記憶，但是迅鐵定做了防備才對。

所以刃更拿起家裡的電話，按了快速撥號鍵打到迅的手機。

『──喂喂，是你啊，怎麼了嗎？』

等待幾秒的撥號音之後，刃更低聲對傳來熟悉聲音的話筒說：

「老爸……現在方便跟你說一下話嗎？」

『儘管說吧，載我的計程車司機實在很沉默寡言，我正閒閒沒事幹呢。』

從話筒微微聽得見迅輕鬆的言詞中，夾雜著風低鳴的聲音。迅搭乘的計程車，現在應該是在高速公路上奔馳吧。兩人的對話雖然可能會被計程車司機聽到，但迅鐵定有辦法矇混過去的。所以——

「——『你到底想怎樣啊』？」

刃更如此問道。儘管他想要冷靜說話，但聲音還是帶了些怒火。結果——

『這麼快啊……你已經發現到啦？原本照我的預估，應該會再晚一點的說。』

迅完全不在乎的樣子說道。

「你果然早就知道她們是魔族這件事——你什麼時候知道的？」

緊握著話筒的刃更，強作鎮定地問道。

『「一開始就知道了。」那兩個人的事情，早在我在街上找到她們以前就知道嘍。』

「……『找到』？這話是什麼意思……？」

聽了迅的話，刃更皺起眉頭。萬理亞曾說「跟迅是在街上偶然認識的」。

『不過，那兩個人應該以為是偶然相遇吧。』

迅語氣輕鬆地說道，又接著說『但是』——

『之前我曾收到「村落」有極密行動的情報。我跟你離開村落已經將近五年，應該不可能在這時候來找我們麻煩，所以我決定先靜觀其變……但不久前狀況似乎開始急速發展。加上地點是在都內距離不遠處，為了慎重起見，我也調查看看到底是什麼樣的傢伙。』

然後吸了一口氣。

『畢竟——是長老們鎖定的準Ｓ級監視對象呢。』

「準Ｓ級監視對象？那兩個人嗎？」

刃更他們一族，會按照魔族的威脅程度進行排名。說到準Ｓ級，幾乎是排行中的最上位。再往上就只有Ｓ級跟特Ｓ級。

……真的假的。

一般來說，魔族是生活在有別於這個人界的其他世界——也就是稱之為「魔界」這個異世界的種族。

當然，偶爾會出現跑來這邊的世界惹麻煩的傢伙，但那都是些下級惡魔。原則上，他們並不會離開自己的世界。

因為，現在勇者一族與魔族幾乎是處於休戰狀態。

——勇者一族和魔族，曾經以這個世界為舞台，展開漫長又不為人知的戰爭。但是那段歷史，是在刃更出生的時候——是在他父親迅那一代劃下句點。而新任魔王，不僅停止與神族跟勇者一族的戰爭，還把魔族從人界撤走。

因此會來這人界的魔族，都是些無賴的惡魔，大部分都是Ｅ級或Ｄ級這類低等級的監視對象或消滅對象。但是——

「那兩個人，是準Ｓ級……」

刃更無法置信地喃喃說道。然後，凝視自己的右手手掌。

雖說是「準」字級——但萬萬沒想到自己的人生中，居然會再次遭遇Ｓ級的存在。

『正確說的話，準Ｓ級監視對象是澪。萬理亞終究只是待在她身邊，才會受到戒備。』

「是澪……」

這時候，刃更忽然想起萬理亞說的話。剛剛在客廳的戰鬥。雖說她們不知道自己是勇者一族而心生大意，但就自己所看到的，從澪的身上並沒有感受到多強烈的威脅感。所以一直覺得萬理亞鐵定是為了嚇唬自己，才亂掰那些話。

「那傢伙……真的是未來的魔王嗎？」

刃更如此說道，不過他又否定了那個可能性。照理說不可能，因為——

「每一代的魔王都是男的……現在的也是啊。」

威爾貝特——是以穩健派聞名，把魔族從人界撤走的現任魔王的名字。

本來魔族的敵人，是萬理亞所謂「天生的死對頭」的神族。過去魔族一直把人類視為螻蟻般的存在，因此企圖一旦逮到機會就要毀滅這個世界，把它當做攻打神界的墊腳石。但是在那群魔族之中，以威爾貝特為首的穩健派魔族，卻開創了一條全新的道路——停止對諸神的報復，讓魔界過著放棄爭鬥的安穩生活。更重要的是，他還禁止魔族隨意傷害人類。因此這十六年來，人界才得以保持穩定的狀態。

但是，迅從電話那一頭說的話，卻完全顛覆刃更的話跟想法。

『如果你說的是魔王威爾貝特，他已經死了喔——大約在一年前。』

「咦——？」

刃更一時之間無法理解這個剛剛被告知的衝擊性事實。

「那種事情，怎麼完全……」

『那是因為我們跟「村落」完全斷絕關係，我也是到最近才知道這件事。』

『而且…』迅又說：

『要是隨隨便便告訴你這件事——你鐵定「又會作那個惡夢吧」。』

「那個……」

刃更不禁結結巴巴起來。其實前一陣子，自己才剛作了那個時候的惡夢呢。

「可是……這麼說，下一任的魔王，就是澪嘍？」

『不，現在代替前任魔王威爾貝特統治魔界的，好像是其他上位魔族。聽說是相當激進的鷹派……而那傢伙盯上了澪——盯上了不僅是威爾貝特的獨生女，而且在威爾貝特死的時候還繼承了他力量的澪。』

魔王威爾貝特在魔族中以穩健派聞名，但他的力量也是歷代魔王中最出類拔萃。正因為如此，才有辦法說服那些好戰的魔族停戰，讓魔族撤出人界。如果澪繼承了最強魔王的力量——

對於想成為新魔王君臨天下的人來說，想必巴不得將她得到手呢。但是——

「等一下……」

儘管如此，還是有件事讓人無法理解。那就是——

「事情我大致上都了解了……可是，『既然這樣，老爸為什麼要接納那兩個人啊』？」

而且——那還是在完全了解她們來歷的情況下。要是那麼做的話，別說是魔族，說不定還會跟村落的族人為敵呢。而他為刃更著想，刻意隱瞞前任魔王的死訊也很矛盾。

『我不是說過有做各方面的調查嗎？』

迅還是用跟剛才一樣輕鬆的語氣說話，不過言詞中夾雜些嚴肅的情緒。

『穩健派的威爾貝特在魔界裡也有許多敵人。在那些人的眼中，他們看不順眼的魔王的獨生女，可是最棒的人質。而威爾貝特自己對那件事，應該也是最清楚不過了。所以他馬上把剛出生的女兒送到人界，要自己的屬下扮演她的雙親，極祕密地把她當作人類撫養長大……』

即使那麼做必須跟女兒相隔兩地——但那全都是為了摯愛的女兒的幸福著想。

第1章 攻略繼妹的方法

他做那個決定的時候，內心一定是悲痛萬分吧。

『不過很諷刺的是，威爾貝特死後——他強大的力量被當初為了讓她遠離爭鬥，而送到其他地方生活的成瀨澪繼承。原本過著普通女孩子的生活，當時還是國中生的她繼承了力量……之後會有什麼狀況，你應該知道吧。』

新任魔王不可能對澪還有受託當她養父母的屬下們視若無睹。「然後現在，撫養澪的養父母已經不在她身邊了」。由此不難想像澪遭遇了什麼樣的悲劇。

「原來……原來還有這種事啊。」

迅對硬擠出那些話的刃更說：

『魔族跟我們一族之所以能夠使用特異能力，是因為知道人類世界之外的原理。半年前，那孩子還是對那些一無所知的普通人。現在對力量的使用恐怕多少了解一些了，但是她繼承的魔王力量，現在應該還處於未覺醒狀態。正因為如此，村落那些人才沒把她視為消滅對象，而是設定為監視對象。』

迅接著說『再加上』——

『威爾貝特死後，穩健派的勢力正急速消退。光看護衛只有萬理亞一個人就是最好的證明。很遺憾的是，只有那兩個人無法對抗現任魔王派那些傢伙。要是就這樣置之不理，她倆遲早會丟了性命。』

「因此，你故意假裝被騙……」

終於明白迅的真意。

刃更嘆了口氣，緊接著對著話筒大吼：

「你這個混蛋老爸——這種事怎麼不早說啊！」

那樣的話，刃更還會採取其他的應對方法。

『抱歉，我從一開始就決定，要讓你跟那兩個人處於對等的立場。』

迅話中帶有笑意。

『她們隱瞞了魔族的身分，而我們也隱瞞了勇者一族的身分。如果只有一方知道對方的情況，另一方會認為自己被欺騙，這樣一來就無法建立信賴關係了。但如果雙方各有隱瞞，應該就能互相理解彼此的苦衷吧？既然彼此都在欺騙對方，那你們的關係就還有修復的餘地——「就讓完全知情的我當壞人吧」。』

「……這麼說，你這次說有工作要做也是騙人的嘍？」

如果只是要保護澪跟萬理亞，待在她們身邊是最好的做法。但迅卻在這個狀況下離開家裡，應該是有不得不那麼做的理由。

『嗯，確實如此。抱歉，我有個說什麼都要調查的事情——「因為得跑一趟魔界」。』

也就是說，要深入敵陣。當然，畢竟他過去可是享盡最強勇者這個名號的迅。而且聽說在大戰當中曾數度前往魔界，但是——

「不會吧……沒問題吧？」

『嗯，不用擔心。詳細情況還不能告訴你，只是有個我想聯繫的傢伙，如果一切順利，說不定澪就不會再被追殺了。』

原來如此，迅在想辦法解決根本的問題。這樣的話——

「知道了……這邊的事就包在我身上，我會想辦法解決的。」

『看你的嘍，長子。話說回來，那兩人怎麼樣了？不過，看你的樣子大概——』

雖然迅還在說些什麼，但刃更已經重重掛上話筒。

下一秒鐘他往前衝去——朝玄關的方向。

第2章　第一次的主從契約

1

被東城家趕出來的成瀨澪，與萬理亞一起來到位於高台的公園。

那是跟刃更騎腳踏車在街上兜風的那一天，一起觀賞夕陽的那個公園。

——來到這裡，大概花了三十分鐘。澪不發一語地眺望著夜晚的市區燈火。

好美的夜景。建築物的照明、汽車與電車的燈光，簡直像造景燈飾一般。澪心想，如果能從上往下俯瞰滿天的星星，應該就是這種感覺吧。

……果然跟那傢伙說的一模一樣呢。

想起讓自己知道能在這裡欣賞到美麗夜景的青年，澪微微垂下了眉尾。

「我們果然不可能一起賞夜景呢……」

對於刃更提出的邀請，澪當時只是含糊回答帶過。她早就知道，那種機會是不可能有的。因為從初次見面起，她們就一直在欺騙刃更。

第②章
第一次的主從契約

「那個，澪大人……請您不要灰心。」

一旁的萬理亞擔心地抬頭望著她，她已經變回人類的模樣了。

「我們只是運氣不好，遇到他們勇者一族。如果是其他人，一定──」

「不，萬理亞……我們不要再用這種騙人的方式了。」

澪搖了搖頭。

「雖然我希望在『盡可能不連累周遭』的情況下，得到我們的據點……但我還是不喜歡為此而欺騙別人。」

並不是因為沒錢的關係，澪死去的養父母留下了相當多的積蓄跟遺產。但是要當做據點的話，最理想的是獨棟的透天厝。要是隨隨便便找公寓或大樓之類的集合式住宅，很可能會連累其他住戶。

可是，畢竟澪還未成年。加上又無依無靠，而且連萬理亞的外表也是個小孩子。因此別說要買房子了，連要租都租不到呢。當然，萬理亞可以用魔法操縱記憶。但光是未成年者要買房子，還不能讓房屋仲介或鄰居心生懷疑，就得操縱無數人的記憶。而且，還得配合每個人的立場與人際關係。但是操縱記憶的魔法，還沒有到那麼萬能的程度。

所以澪和萬理亞才會採取這麼麻煩的方法。

「知道了……既然澪大人您那麼說的話。」

萬理亞並沒有反對，她應該也能理解自己的心情吧。萬理亞忽然笑著說：

「澪大人就是那麼溫柔呢……在我看來，欺騙那些別有意圖而刻意接近我們的人類，根本就沒問題呢。」

「或許吧……」

萬理亞說的一點也沒錯。明擺著的例子就是，雙親去世後，負責保管遺囑的律師就曾企圖欺騙澪以搶奪她的遺產。當自己跟萬理亞兩人夜晚走在路上，就有一些嘴上說擔心她們的安危，但一看便知心懷不軌的男子靠過來。所以澪變得愈來愈不敢相信她們自己以外的人。曾幾何時，漸漸覺得就算欺騙他們那種人也沒什麼大不了，反正大家都是互相欺騙。

——所以一個月前，當迅挺身幫助在路上被不良少年糾纏的她們。

澪和萬理亞也沒有相信他，覺得這個人反正也是來騙自己的吧。

她們覺得……最後鐵定會被他出賣。

所以就用萬理亞的魔法操縱他的記憶，企圖要奪走他的家。但是，只因為那樣也去欺騙別人，自己跟那些騙子又有什麼兩樣呢。

「……可是，沒想到那兩個人，居然是勇者一族呢。」

澪臉上露出自嘲般的表情。她並沒有怪他們隱瞞自己的身分，畢竟自己也想要欺騙他們呢。當然，現在回去那個家放手一搏的話，搞不好能壓制住刃更。這次鐵定能把那個家當做自己的據點。

「可是……」

迅跟刃更，跟過去想欺騙澪的那些人不一樣。從父母親去世以來，她頭一次覺得自己或許遇到了值得信賴的人。

不過……

事到如今再想什麼都太遲了，時間也不會倒轉。這時候——

「澪大人……」

在一旁的萬理亞輕輕叫著自己。

「對不起……先別管接下來的事，得先煩惱今晚要住哪兒呢。」

不過萬理亞輕輕搖了搖頭，然後用些許嚴厲的口吻說話。

「不——看樣子好像還有更重要的事情要做呢。」

聽到她這麼說，澪也察覺到周遭的狀況。

公園不曉得從什麼時候，安靜到讓人毛骨悚然。這寂靜極不尋常，澪也馬上明白那意味著什麼。這半年來，她已經累積不少這方面的知識。

「是驅離人類的魔法……」

那不是澪和萬理亞使用的魔法。這樣的話，答案只有一個。

「請您小心……是敵人。」

萬理亞盯著正前方。這時候，她視線前方的黑暗動了起來。

從暗處現身的，是三個可怕的黑暗。那些黑暗，開始慢慢變形。

其中一個變成全身裹著黑布，手持長柄大鐮刀，看起來像是死神的人型「黑影」。

其餘兩個變成長著翅膀的獅子魔獸——蠍獅。

沒錯，是魔族。而且恐怕是現任魔王的手下，他們對這邊釋放的是明確的殺氣，那告知了他們的存在，還有目的。所以——

「是嗎……想不到他們會自動送上門呢。」

澪用挑釁的眼神，瞪著對峙的三個「敵人」。

她勉強擠出來的聲音有些顫抖，那不是恐懼，是「憤怒」。所以——

「我絕不會放過你們的……我要替爸爸媽媽報仇……」

當然，澪是在父母親被殺以後，才從萬理亞的口中得知自己的身世與事情的真相。成瀨澪其實是前任魔王的獨生女，而她一直以為是親生父母的兩個人，其實是養父母。

儘管她一時之間無法相信，但是看到萬理亞的模樣與魔法之後，才終於接受這個事實。

沒錯。澪的父母，並不是跟她有血緣關係的父母。或許是聽從親生父親的命令——只是基於義務而照顧、撫養澪長大而已。

第②章
第一次的主從契約

可是……

澪心想，儘管如此，撫養自己長大的那兩個人，無庸置疑也是自己的父母。

跟從未見過面的親生父親比起來，對自己來說他們才是更重要的親人。

所以她絕對無法原諒那些魔族。其實，澪擁有她父親的——魔王的力量還沒覺醒。但是

——

「想不到你們還這麼貼心地驅離人類……好吧，我就跟你們打吧。」

澪除了繼承父親的血統，同時也繼承了一樣東西。那就是——魔法的才能。

「做好心理準備吧……我要殺你們一百次！」

就在她那麼說的同時，澪的身體冒出紅色火焰般的氣場，她解放了自身的魔力。

——照理說，魔族釋放的氣場是給人負面感覺的黑色。

而眼前的敵人所釋放的魔力波動，就是比黑夜還要暗的漆黑。

相對的，萬理亞跟澪的父親威爾貝特這樣的穩健派魔族，他們的氣場則是藍色的。那是發誓跳脫出對神族報復的執著而得到解脫的魔族的顏色。

魔力的氣場，會因為使用者的心理而改變顏色。

但是——澪發誓要對殺死父母親的魔族報仇，選擇與魔族為敵。

所以當她經過萬理亞的指導而能隨心所欲運用魔力之後，她的氣場既不是黑色也不是藍

色，而是變成比血還要鮮豔的朱紅色——那是要把無法原諒的敵人燃燒殆盡，有如熊熊烈火般的紅色。

「——好了，開始吧。」

魔法這種特殊能力，本來就不存在於這個世界。一般人察覺不到那種現象，因此也不會有人來打擾。於是——澪的話就成了戰鬥開始的信號。

「黑影」與兩隻蠍獅一起衝向澪她們。面對他們採取的聯合行動——

「吃我這一記吧！」

澪發動了攻擊魔法。閃光的同時迸裂出爆炸聲，雷擊魔法從上空劈了下來。

但是，有兩條影子突破了因衝擊力道而揚起的沙塵。

是蠍獅。既然牠們是動作敏捷的魔獸，想必閃過雷擊了吧。

……手持大鐮刀的傢伙呢……

不斷揚起的沙塵中，已經感應不到敵人的存在。可能已經被雷擊魔法幹掉，或是無法戰鬥了吧。澪心想既然這樣，就拉回注意力在直衝而來的兩隻魔獸身上。

「澪大人，接下來換我吧。」

身旁的萬理亞往地面一蹬並往前衝出去，試圖阻擋蠍獅的去路。但是除了一對二的不利狀況，再加上體型上壓倒性的差異——

第2章 第一次的主從契約

「——」

蠍獅們似乎打算先解決掉看起來較好對付的萬理亞，因此兵分兩路，想對她展開左右包夾的攻勢。牠們逐漸逼近，一頭用尖牙，一頭用利爪朝萬理亞攻擊。這波從上方到側面的同時攻擊，萬理亞能夠閃避的方式只有後退。但是——

「啊哈哈哈，真是白痴耶～」

萬理亞大笑的同時也往前跳，目標是左手邊那一頭——打算用尖牙咬死萬理亞的蠍獅。雙方的距離在一瞬間縮短到幾乎伸手可及的肉搏戰範圍。

「拜託讓我玩得開心一點好嗎？」

萬理亞如此說道，然後往巨大的魔獸頭部揮下右拳。

——萬理亞跟澪不一樣，並不擅長攻擊魔法。

既然這樣，她的戰鬥方式會是什麼樣呢？那個答案——從爆炸聲跟衝擊力道就可見真章了。直接中了萬理亞一拳的蠍獅，彷彿被壓扁似地猛烈撞擊地面。那一股衝擊力道，把大地刨出一個隕石坑般的大洞。在那中央的蠍獅，早已經動也不動，甚至失去了原形。萬理亞低頭看著那副殘骸，不屑地用鼻子哼了一聲說：

「就這點程度嗎……好無趣喔。拜託再垂死掙扎一會兒，讓我濕一下嘛。」

接著，視線移向新的目標。

但是，從右邊朝萬理亞攻擊的魔獸改變了前進路線，反而朝澪衝過去，澪則動也不動。然後牠舉起銳利的爪子，對準澪揮下去。

鏗——！伴隨著金屬聲，爪子被彈開了。擋住凶猛的魔獸攻擊的，是出現在澪前方的透明障壁。澪舉起右手對著蠍獅靜靜說道：

「一切結束了喲——去死一百次以後再來吧。」

同時，她掌中生成的紅色光球直接命中蠍獅。

爆炸過後——那兒沒有留下一丁點的塵埃。

「您有沒有受傷，澪大人——」

澪對著在遠處呼喊的萬理亞點了點頭並回答「沒有」。

……那些傢伙終於開始行動了呢。

從敵人殺死父母親以後——那最初的慘劇發生至今已經過了半年。

至今從未採取顯著攻擊的敵人，終於對準我們展開行動了。

「好吧……我就接受你們的挑戰。」

成瀨澪絕不會原諒殺害父母親的敵人。

而且，說什麼都要打倒下那個命令的現任魔王，無論如何都要打倒他。

「——好了，得快點離開這裡呢。」

第②章
第一次的主從契約

驅離人類的魔法應該因為敵人被打倒而解除了，但地面因為澪與萬理亞的攻擊而變得一片狼籍。

要是被路過的人看到，鐵定會跑去報警。

……不過，在那之前。

澪最後再看一眼這街道的夜景——原本應該和那個青年共賞的景色。

——此舉卻讓敵人有可乘之機。

「澪大人！」

澪聽到萬理亞慘叫般的聲音而回頭看，想不到「黑影」早就站在她眼前。

是一開始應該被雷擊魔法打倒的敵人，他的手上正發出黑色魔力的光芒。

糟糕——澪雖然迅速張開障壁，但還是晚了一步。「黑影」釋放的電擊魔法，即使因撞擊在張開中的障壁而減低了威力，卻還是直接命中澪。

那股衝擊力道，導致澪往後飛出去。公園是建在高台——建在彷彿峭壁的微高山丘上，而澪眺望街景的地方是其邊緣，懸崖就近在眼前。

此外，防止摔落的木製柵欄也老舊腐朽，根本擋不住澪。

因此，澪宛如被拋下山崖似地開始往下墜。

「唔……！」

澪想馬上發動風之魔法，但是辦不到。

身體因為敵人的電擊而不聽使喚，也無法集中必須的意識來發動魔法。

……再這樣下去的話……！

距離下面的道路，應該有十公尺以上。

地面是柏油路，不管怎麼樣，澪的身體都無法承受這猛烈的撞擊。

此時澪不禁怪自己太大意了，心想「我註定要死在這種地方嗎」。

還想到「父母親被殺，我還沒來得及報仇就這麼死掉，這就是自己的一生嗎」。

正當她因為絕望與悔恨而緊閉雙眼——就在這個時候，澪聽到一個聲音。

那是聲音沒錯，是把「喔」拉長喊叫的聲音。

……咦？

因此澪往聲音的方向看過去，是在自己的正旁邊。結果——

「——喔喔喔喔喔喔喔喔喔喔喔！」

為了防止土石崩落，山壁表面鋪滿了水泥磚。只見一名青年把那裡當立足點，以驚人的速度朝自己這邊橫向跑過來。

當澪知道那是誰的時候，已經在空中被抱住——被東城刃更抱住。

「——嘿！」

第 2 章

第一次的主從契約

接住澪的刃更在空中轉了個身。在澪的視野中，天地調換了位置。然而，抱著澪的刃更輕鬆降落在地上。照理說到地面還有相當遠的距離，但刃更利用雙腿的彈性當緩衝而成功著地。

「……呼～」

在刃更的懷裡，澪聽到他安心吐了口氣的聲音，接著被輕輕放到地上。

但澪因為受到敵人電擊魔法的影響還站不穩，就整個人坐在地上。

「為什麼……」

澪抬頭望著刃更，對自己得救這件事還有點無法置信。

她不懂刃更來救自己的理由。

「妳問我為什麼啊，那是因為——」

刃更感覺有些尷尬地欲言又止。

「——危險啊！」

不過萬理亞從山崖上傳來的叫聲，把他的話打斷了。

成瀨澪看到，從上面飛撲過來似的「黑影」，正降落在面向自己的刃更後面。恐怕在他注意到刃更的同時，就追著他們從崖上跳下來吧。現在已經接近大鐮刀的攻擊距離，眼看著他就要使出斬擊。

——但是，那招斬擊沒機會使出。因為在那之前，「黑影」的身體已經被砍成兩半。從刃更的手中生出一把劍，到他轉身劍光一閃將敵人劈開，全發生在一瞬間而已。是令人難以置信的身手與劍速。

「…………………」

隨後刃更手上的劍，當著目瞪口呆的澪面前忽然消失不見。

然後他轉過身來面向澪，臉上不知為何露出不知所措的表情。

「啊——……呃——那個……」

他似乎想說些什麼。刃更不好意思地搔著臉頰，眼睛不知該往哪裡看好。

然後——終於緩緩朝著澪伸出手。

「……………回家吧。」

他的眼神沒跟澪交會，生硬地這麼說。

2

——總之，先回家再說吧。

第2章 第一次的主從契約

儘管被刃更從困境中救了出來，不過澪對如此提議的刃更還是起了戒心。

畢竟刃更是勇者一族，澪跟萬理亞是魔族，而且澪她們還騙了刃更。把這些事情綜合起來思考，刃更根本沒有理由救澪。

雖然感覺得出來刃更並沒有敵意，但澪還是暫時無法做判斷，可能也擔心會不會是陷阱吧。就在那個時候，說服澪的是她的手下萬理亞。她說，「刃更沒必要繞那麼一大圈陷害她們。如果要消滅她們，剛剛在客廳的時候就可以那麼做了，況且剛剛只要對澪見死不救就能達到目的了」。

因此，澪不久就贊同萬理亞的說法。

然後現在——回家之後的東城刃更，正站在自己家的廚房裡。

他從冰箱中拿出冰得恰到好處的麥茶，倒進杯子裡並端到客廳。

「啊，謝了，那我就不客氣了。」

萬理亞接過杯子就把麥茶一口氣喝光，刃更不禁皺起眉頭。

「……妳也別這麼豪邁地喝下肚吧。」

再怎麼信任我也太沒防備了吧。

「當然啦，叫妳們一起回家的人是我……」

「——你的意思，要我稍微有點戒心比較好是嗎？」

萬理亞邊說「我不是說過了嗎？」一邊把空杯子放在桌上。

「你明明把我們趕出來，之後又特地追上來，還救了我們。然後把我們帶回家，再拿下毒的麥茶給我們喝……刃更哥沒必要做這麼麻煩的事情。」

況且——

「當刃更哥知道被我們欺騙的時候，你是真的非常生氣。我想那一定是因為你真心把我跟澪大人當家人看待。若真是那樣，和我們一起生活的這十幾天，刃更哥的表現一定沒有任何虛偽。既然如此，我就覺得大可以相信你。」

萬理亞用眼神問「我說得沒錯吧？」

「原來如此……」

看來她也不是完全沒動腦子思考呢。

「……不過，澪大人的性格就是那樣，有一點死腦筋。」

萬理亞往客廳門口看。

「如果泡個澡能讓她冷靜下來就好了。」

日本的夏天在夜晚也很熱。在這麼悶熱的天氣裡，還在外面戰鬥，那鐵定會飆汗的。

因此一回到家，萬理亞就叫澪先去洗澡。

「——先不管那個，差不多可以請你告訴我了吧？」

萬理亞說道。

「為什麼身為勇者一族的刃更哥，要來救魔族的我們呢？」

「若要說為什麼……是因為我從老爸那兒聽說了妳們目前的狀況。」

刃更一面搔著臉頰，一面說出自己為什麼去救澪跟萬理亞的理由。內容提到了迅調查到的澪的遭遇、魔族的現況，以及萬理亞他們穩健派的情況。所以——

「就像老爸無法對妳們置之不理那樣，我也是喔……在知道妳們的遭遇後，我絕對無法做出見死不救這種事。因為，那傢伙是無辜的。」

成瀨澪，不過是以一個女孩子的身分活下去而已。卻因為周遭的關係而被人追殺，那未免太過分了。當刃更語氣嚴肅地把話說完，客廳隨即陷入一片寂靜。原本一直低著頭靜靜聽他說話的萬理亞，終於——

「……原來如此，是迅叔叔設計的啊。」

她露出欽佩的表情說道，並突然抬起頭來繼續說：

「雖然很感激他那麼做——但他知道整個來龍去脈還隱瞞我們，真的很差勁耶。」

「這個嘛，我是不否認啦。」

不過，我認為欺騙我的妳們也沒資格說別人吧。

「——不過，勇者一族的迅叔叔和刃更哥只基於那些原因就幫助我們嗎？」

那麼說的萬理亞，對刃更這邊投以詢問他本意的視線。

「反倒是把我們當做監視對象的村落，他們的做法還比較正常，不是嗎？」

萬理亞會有這樣的疑問也是理所當然的事。無論她們的境遇多令人同情，都無法構成勇者一族幫助魔族的理由。沒錯——「就一般來說的話」。不過——

「我不是說過了嗎？我已經跟勇者、魔族什麼的沒有任何關係了……因為以前，曾發生過一些事情。我和我老爸，現在已經不是什麼勇者了，是跟勇者一族的村落毫無關係的普通人。」

雖然那些事在刃更的心裡，留下了無法抹滅的傷口。

不過，他再也不必受到勇者的使命拘束。

「我只是基於想保護，才出手保護……如此而已。」

「就算對方是魔族——而且還繼承了魔王的力量，你也要保護嗎？為了保護澪大人，哪怕會害刃更哥的性命受到威脅也在所不惜嗎？」

對於萬理亞謹慎的確認，刃更點著頭回答「對」。

「不過，僅限於妳們不會危害這世界與這個世界的人類。」

結果萬理亞苦笑著說：

「……刃更哥和迅叔叔真是濫好人呢。」

第②章
第一次的主從契約

「也不至於是那樣。只是我跟我老爸……太死腦筋而已。」

因此，過去悲劇降臨山村的那一天，還有刃更惹了麻煩的時候，迅會毫不考慮就決定放棄勇者的身分。所以——這一次，輪到刃更了。

「……我明白了。既然這樣，那就接受你的好意吧。畢竟現在的澪大人……是非常需要夥伴的，就算多一個人也好。」

萬理亞平靜的口吻中，展現出非常誠懇的態度。接著，萬理亞坐正身子，向著這邊深深地低下了頭。

「刃更哥……很抱歉之前一直欺騙你。雖然把你捲入了我們的危險之中，但以後還是請你多多關照。為了保護澪大人，還請你助我一臂之力。」

她的語氣轉為一本正經，那是真心為主人著想的臣子才會說的話。所以——

「我會的，我也有那個打算呢。」

刃更也再次說出自己的決心，他也不能一直逃避過去。

既然這樣，就再次拿起劍來戰鬥吧。反正現在的自己已經跟勇者、魔族沒任何關係了。

而想要保護澪——那樣的念頭沒有一絲虛假，自己也堅信那個想法。

「那麼，呃——……萬理亞小姐。」

「叫我萬理亞就好了，畢竟從現在起，我跟刃更哥是夥伴了呢。」

「是嗎——那麼萬理亞，雖然這次遭到攻擊，但原則上我們還是跟之前那樣正常生活吧，反正也還不清楚敵人的目的是什麼。」

「咦？可是，敵人現在已經盯上澪大人……」

對於有些訝異地反問的萬理亞——

「是沒錯……不過我還是覺得很納悶。」

刃更一臉嚴肅地說道：

「魔王派他們的目的，與其說是那傢伙，不如說是她繼承的前任魔王威爾貝特的力量。而且是因為那傢伙的魔王力量，還處於尚未覺醒的狀態。要是那傢伙死了，下次不知道換誰會繼承那股力量——最糟的情況，很可能是威爾貝特的力量就此消失。」

但是——

「敵人在公園攻擊妳們的時候，我要是沒及時趕上，『搞不好那傢伙已經沒命了』。當然在實戰中，也是有可能發生出乎意料的事情……」

但單純只是偶然嗎？或者另有其他目的？雖然可以推測出幾種可能性，但那遲早都會揭曉吧。因為對方不可能就這麼乖乖罷手的。

「恐怕對方也早就發現到妳們是勇者一族的監視對象這件事。若不小心把無關緊要的人類扯進來，這次他們反而會變成被殲滅的對象。因此有人類在的地方，應該就不敢輕舉妄動吧。」

正因如此，剛剛在公園才會刻意使用驅離人類的魔法。

「不過他們下次再來追殺那傢伙的時候，我一定會讓他們露出狐狸尾巴的。」

聽到他這麼說，萬理亞顯得很高興。

「聽到你這麼說我就放心多了。雖然只稍微看到而已，但刃更哥好像相當厲害。」

「不，也別對我抱太大的期望……因為我不參與實戰已經將近五年的時間。」

雖然魔劍布倫希爾德可以具現化，但身手已經變得相當遲鈍。

狀況果然無法像以前那樣。若不找時間重新鍛鍊，似乎不太妙呢。

「可是，你剛剛在這裡劈開我的魔法風，還把它消滅，那真的嚇到我了。」

「嗯？那個……」

對於萬理亞那番話，刃更的表情變得很平靜。然後說：

「很遺憾——那只是僥倖喔。」

萬理亞對聳了聳肩的刃更說「你又來了」並瞇著眼睛說：

「光憑僥倖是無法讓魔法完全消失吧，那到底是什麼招術啊？」

刃更對興致勃勃的萬理亞苦笑，忽然間，視線落在自己的右手。

「抱歉，那真的是僥倖……」

——沒錯，絕對是僥倖。

那個招術——從五年前那個事件發生的那天以來，就再也無法使用了。

3

炎熱的夏天若只是流汗，那麼淋浴會比較舒服。

澪剛開始也打算那麼做，想說稍微把汗水沖一沖就好。

——但是現在，澪的身體泡在放滿熱水的浴缸中。

「…………」

澪在浴缸中緊緊抱著身體。明明是盛夏，體內卻寒冷到連她自己都覺得很不可思議。

……我，第一次……

半年前——自從父母被殺以來，自己在萬理亞的指導下鍛鍊著魔法和戰鬥。

因此，現在已經可以詠唱出比萬理亞還要強力的魔法。

但是實戰……這種豁出性命的戰鬥，剛剛還是第一次體驗。那得面對打倒敵人、以及有一絲失誤就可能讓自己沒命的事情。在那裡進行的，是毫無疑問的殊死博鬥。沒錯——假如

第②章
第一次的主從契約

刃更沒有及時現身相救，澪或許將重重摔在柏油路上死去。一想到這裡，身體就不由自主地顫抖起來。

澪抱膝坐在浴缸裡已經將近三十分鐘。

——稍早前，萬理亞來看過一次。可能是覺得澪待在浴室那麼久都沒出來，所以感到擔心吧。不過聽到澪有回應，在更衣間的萬理亞似乎就鬆了口氣。

接著，萬理亞就在那裡對自己報告剛剛跟刃更的談話內容。

像是刃更為什麼要救澪——他為什麼要那麼做的理由。

「差不多該出去了……」

總不能一直躲在浴室裡，於是澪緩緩走出浴室。

她在更衣間裡用浴巾裹住濕漉漉的身體，不禁輕聲呢喃：

「這樣好嗎……」

仰賴刃更真的沒問題嗎？澪到現在還不知道該如何是好。

並不是自己無法相信刃更，其實不需要萬理亞說，經過這十幾天朝夕相處的生活，就已經知道刃更是個什麼樣的人。他是個雖然被騙，但在知道她們的情況之後就立刻趕過來的青年。至於是勇者一族的事，好像也已經是陳年往事了。他這個人，或許可以相信他吧。

澪依序把腳伸進新的短褲，再從膝蓋、大腿，往臀部拉上來。

……問題是——

把刃更捲入澪所處的狀況中真的好嗎？自己的養父母被殺了，而且是被殺害自己親生父親的傢伙殺死的。明明什麼壞事也沒做過，家人卻這麼莫名其妙、殘忍地被奪走——那一天的事情，成瀨澪至今仍記憶鮮明。

這叫自己怎麼能原諒那些傢伙！無論敵人多強大，說什麼都一定要報仇。

自己在心裡如此發誓，這半年來努力活了下來。然後今天，那場戰鬥終於開始了。

敵人是現在統治魔界的新任魔王。恐怕接下來，像剛才那樣——不，比那還要艱辛的戰鬥正等著自己。把刃更他們捲進這場漫長的戰鬥裡，真的好嗎？把拋棄勇者一族的身分，不再戰鬥的刃更和迅捲進來，真的好嗎？

「…………」

澪已經穿好衣服。雖然夜已深，但因為還有很多關於往後的事情要談，所以澪換上的不是睡衣，而是輕鬆的家居服。

洗臉台的鏡子裡，自己的表情跟往常不一樣，顯得非常悲慘。

當澪輕輕抱著自己的身體時，忽然間有人從外面輕輕敲了幾下更衣間的門。

「抱歉，萬理亞……我馬上就出來了。」

澪心想「又害她擔心了嗎？」於是連忙回應。

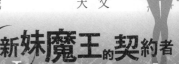

「啊——……不，是我。」

聽到門外傳來的是有些尷尬的聲音，澪不禁屏住呼吸。因為自己還沒想到該對刃更說什麼才好，但心裡又想「我也不能都不說話」，不過話就是說不出口。

——在公園受到敵人攻擊而從山崖摔下來的澪，明明是刃更救她一命的。

然而，澪對這樣的刃更卻沒有隻字片語。這時候——

「抱歉，本來覺得可能等妳出來以後再說會比較好……可是，我有一句話說什麼都要先跟妳說。」

到底是什麼話——澪還沒這麼問，就已經聽到那個回答了。

「——對不起。」

剎那間，澪聽不懂刃更在說什麼。

「為……為什麼刃更要道歉？」

她不禁用顫抖的聲音問道，門外的刃更滿懷歉意地說：

「我從老爸跟萬理亞那兒聽說了妳的事情。對不起，我……對妳的事情什麼都不知道，所以之前，無意間發了那麼大的火……真的很抱歉。」

「那……那種事……」

怎麼辦？明明欺騙他們還給他們添麻煩的是我們耶，可是救了自己一命的對方卻反而在道歉。而且還比自己先說對不起，這下子不就更說不出話了。

「～～～～～！」

這時候眼前的視野在搖晃，語言無法表達的感情湧了上來。忽然間，澪聽到很大的聲響。等到她回過神來，才發現自己摔坐在地上。只是她還沒察覺自己是腿軟——

「喂！妳沒事吧？」

可能是被突如其來的巨響嚇到的關係，刃更已經打開更衣間的門走進來。

刃更一進更衣間，就看到澪癱軟坐在地上。

她的臉紅通通的，可能是在浴缸裡泡了將近一個小時，結果泡到頭暈了吧。

「不用泡到站都站不穩吧……來，沒事吧？」

刃更走上前想拉她一把的手被撥了開來。接著，澪露出泫然欲泣的表情——

「你為什麼要道歉啊……明明是我騙了你。」

聽到她這麼說的刃更，用不知該往哪擺的手抓著頭說：

「因為我，也隱瞞了自己曾是勇者一族這件事，算是彼此彼此嘍。」

「可、可是我們想奪走這個家耶……還把你趕出去。那也能用『彼此彼此』帶過嗎？」

面對語氣如此強硬的澪，刃更毫不客氣地說：

「不……那的確是妳們不對。」

然後又接著說「不過」並露出和緩的表情說：

「妳們之前並不知道我是勇者一族。如果只是單純想要得到這個家，根本就不需要特地用魔法操控我的記憶，應該有更快取得房子的方法吧？就算要硬搶，也有很多可行的方法。可是，妳們並沒有那麼做，只是想讓我回鄉下。」

為什麼那麼做？

「那是因為——不希望我捲入妳們的戰鬥對吧？」

刃更說出的推測讓澪訝異地目瞪口呆，看來是說中了呢。

「你怎麼會……」

澪訝異地喃喃說道。

「照一般的看法，會覺得在這之前一起生活的妳全都是在演戲，對我說出『離開這個家』時，不過是露出本性而已。不過，別看我這個樣子，我還是有識人的眼光。剛開始雖然不禁氣得要命，但是從我老爸那兒聽了事情的來龍去脈，頭腦稍微冷靜下來後就想明白了。」

刃更停頓一會兒繼續說：

「妳不是露出本性——『那反而是，為了把我趕出去的表演』。」

然後又接著說「不過」——

「妳們已經沒必要做那種事了喔，我跟老爸都決定要保護妳們。因為，我們已經是一家人了。」

「你、你在胡說些什麼啊……再婚的事情全是假的耶。」

澪的態度還是很頑固，於是刃更告訴她：

「所謂的家人，並不是只靠血緣關係或戶籍決定的。只要生活在一起，而且有想守護對方的想法，就已經是一家人了。」

所以，無論發生什麼事情我都會保護妳們。

「反正我已經不是勇者了，雖然沒有血緣跟戶籍上的關係，但我還是妳們的哥哥。所以，就讓我——保護妳們吧。」

話一說完，刃更強行拉著澪的手讓她站起來。

「哇……等、等一下！」

「所以，再次請妳多多關照了。」

第2章
第一次的主從契約

面對面的兩人，刃更「嘻」地露出笑容，澪當下「唔～」地呻吟並露出不服氣的表情。

「你、你要摸到什麼時候啦！快點給我出去！否則我要殺你一百次！」

「哎呀——你們兩位，看來感情變得很融洽了呢——」

那麼說的萬理亞走進了更衣間，她一面朝澪快步走去一面說：

「不過，澪大人好像還有些不坦率呢。」

「我、我才沒有呢……」

澪頓時滿臉通紅，講話還結結巴巴的。萬理亞笑著說：

「沒有就好。其實，針對未來可能發生的狀況，我有些提案想提供給你們兩位。」

「提案……？」

雖然早就想過有必要針對今後的事情好好談談，但沒想到不是「討論」而是「提案」。

刃更沒說話地做出要萬理亞繼續說下去的動作，萬理亞便點了頭說「好的」。

「從現在起，刃更哥將和我為了保護澪大人而一起戰鬥。說起來，刃更哥就是澪大人的護衛。但是以現狀來說，若因為什麼理由以致於我們各自分散的時候，就不一定能像這次這樣趕到澪大人所在的地方。」

「這個嘛，的確是呢……」

這次刃更能及時趕到澪的身邊，的確也是因為運氣好的關係。因為那個公園之前曾一起去過，還說過有機會晚上再一起去，才會有那麼大的把握。所以一出家門就馬上往那裡衝。當然，他還邊跑邊用手機的ＧＰＳ確認澪所在的地點，不過能接住摔下來的她，的確是在千鈞一髮之際。如果先用ＧＰＳ確認所在的地點再出門找她們，很可能就來不及呢。

「可是，這也是沒辦法的事啊。只能說，以後盡量小心不要分開，有什麼萬一的話就用手機的ＧＰＳ——」

「你的想法未免太天真了吧！手機這種東西，誰曉得它什麼時候會壞掉或沒電了！甚至有可能在關鍵時刻發生斷訊，或是被敵人搶走或丟掉！要是完全依賴那種東西，很可能在重要的時候就中了敵人的圈套呢！要是盲目相信現代科技，可是會嚐到苦頭的！」

「這個嘛，話是沒錯啦……」

面對萬理亞突如其來的滔滔雄辯，刃更完全被她的氣勢壓倒。這時候在一旁的澪說：

「可是，別無他法吧？也沒有那種能完全偵察所在地點的魔法啊。」

刃更心想「她說得一點也沒錯」，偵察對方所在地點的魔法，本身是很基礎的魔法。不過，防止自己的所在地點被對方偵察，是在戰鬥中最優先要做的事情之一。因此，還產生了許多像是不被對方偵察到的魔法防護罩，或是用替身讓對方偵察的誘敵魔法，所以現在偵察魔法在戰鬥中幾乎沒什麼意義。不過，萬理亞忽然笑著說：

「那還是辦得到喲——如果只是偵察特定對象的所在地點。透過締結『主從契約魔法』

第②章
第一次的主從契約

——靈魂相繫的雙方就辦得到。」

客廳的地板被某樣東西填得滿滿的。

用魔力描繪的符文所組成的那個，是用來舉行儀式的巨大魔法陣。

「……真的要那麼做嗎？」

站在魔法陣前的刃更，語氣不太情願地說道。

所謂的主從契約魔法，雖然會分成一方是主人，另一方是屬下，但澪畢竟可能成為未來的魔王，無論就立場或個性來說，都不可能成為刃更的屬下。

而萬理亞當然也是以刃更當屬下為前提，才提出這個方案。不過——

「刃更哥，請不要把事情想得太嚴重啦。這樣做的話，就可以感應到雙方的所在地點喲？儘管確實締結了主從契約，但那不過是個形式而已。」

對於萬理亞的說法，刃更還是猶豫不決。

「用魔法聯結雙方的靈魂……能知道對方的所在地點是很好啦，但是連對方在想什麼都知道的話，就各方面來說會很尷尬耶。」

這樣就毫無個人隱私可言了，但萬理亞搖了搖頭說：

「那個的話你不用擔心——那並不是這個魔法的目的。」

刃更皺起眉頭，心想「目的？」萬理亞接著說：

「更重要的是，這個魔法在這個世界，可是只有在滿月的日子才能使用的特別魔法。千萬不要錯失這個機會喲——而且，如果契約締結後有什麼不適合的狀況，也可以在下一次的滿月解除契約。好了，快站到那邊吧，刃更哥。」

「不是啦……就算妳那麼說……」

而且這種事情，說起來女生應該比男生還不願意吧？於是刃更轉過身——

「妳也表示點意見吧，妳應該也不願意用魔法把我們的靈魂聯結在一塊吧？」

他詢問從剛才就一直沉默不語的澪。然而——

「……無、無所謂，我是沒有意見。」

完全出乎意料的反應。正當刃更不由得心想，「是我聽錯了嗎？」而皺起眉頭時——

「你、你若覺得沒問題……我就無所謂。」

澪害羞地這麼說，並往刃更這邊看了一眼。然後又說——

「還是說——刃更不願意跟我的靈魂聯結在一塊？」

「咦？不是啦，也不是不願意……但是，妳真的沒問題嗎？」

「……嗯。如果只是感應所在地點的話。」

第②章
第一次的主從契約

天哪，看來她似乎是認真的呢。

……主從契約，是嗎？

能夠知道澪的位置，對保護她來說的確是很吸引人。

勇者一族變成魔族的屬下本來是不可能的事，但很不巧的是，現在的刃更只是個能戰鬥的普通人。可以依靠的迅又暫時不在，基於往後的考量，當然希望盡可能把不安的因素排除掉。只不過——對刃更來說，還是希望盡可能跟澪保持對等關係。他覺得無論是當家人或當兄妹，那樣子會比較好。儘管她父親是魔王，但澪是一直被當成人類撫養長大，以人類的身分生活的女孩子。

……可是。

東城刃更想起剛才進更衣間的時候，捽坐在地上的澪的表情。

澪當時的表情非常悲慘。而且——跟當時一樣的表情，現在就出現在刃更眼前。恐怕是澪忍受不了那股不安，才接受締結主從契約這件事吧。那麼，如果締結契約能讓澪稍微安心——這麼做或許也沒什麼不好。反正契約又不是締結一輩子，也只是形式上而已，甚至還可以解除。既然這樣，在迅回來之前，暫時締結契約也是可行的選擇。所以，刃更嘆了一口氣——

「知道了——然後呢？要締結主從契約，我到底該怎麼做呢？」

得到刃更的同意以後，萬理亞的臉上立刻露出笑容。

「非常感謝。那麼刃更哥，請你站到門口那邊……對，就是那裡。因為那邊是屬下的位置。然後，澪大人。澪大人是在窗邊。」

當兩人站在各自的位置上，就準備馬上開始進行魔法了。

「那麼——澪大人，請您握住我的手。」

「手？握手就可以了嗎？」

看到澪遵照萬理亞的指示握住她的手，刃更心想：

「奇怪……明明是要聯結我和澪的靈魂，萬理亞也跟著牽手，到底有沒有問題啊？」

這樣一來，不就變成三個人的靈魂聯結在一塊。結果萬理亞點著頭說「是的」。

「因為這是澪大人第一次使用的魔法，我這次只是以輔助的身分加入。而且，我覺得這個魔法不要用澪大人的魔力，用我的魔力來詠唱會比較好。」

這個嘛，既然妳這麼說的話。然後，聽過萬理亞教的咒文之後，澪深呼吸一下。

「那、那麼要開始嘍……」

她表情有點緊張地這麼說——然後開始詠唱。這時候，首先是地面的魔法陣開始發光，接下來是澪的身體，緊接著刃更的身體也開始纏上同樣顏色的光芒。

看來她說只是借用魔力進行輔助是真的，萬理亞的身體並沒有變化。

第②章
第一次的主從契約

然後——過沒多久當澪的詠唱結束後，萬理亞轉向刃更這邊說：

「不久澪大人的右手背上會暫時出現一個魔法陣，因此刃更哥，請你牽起澪大人的手，並且在魔法陣消失前親吻那個魔法陣。這樣主從契約就成立了。」

「——啥？親吻？」

如果只是親手背，那倒是無所謂啦，反正也只是締結主從契約所需的形式。正當刃更心想「傷腦筋」的時候，魔法陣終於漸漸浮現出來。

「咦……？」

但不是在澪的手上——不知為何竟是出現在刃更的右手背上。

可能是無法了解怎麼會這樣吧，澪訝異地眨眼睛。而刃更也很詫異地說：

「喂……有什麼東西出現在我的手上耶，這沒問題吧？」

「等、等一下！這到底是怎麼回事啊？」

臉色大變的澪，揪住身旁的萬理亞的衣領拚命搖，萬理亞則不解地歪著頭說：

「奇、奇怪？怎、怎麼會這樣……是不是哪裡搞錯了？」

「這是怎麼回事啊？這、這樣的話……」

不是刃更成為澪的屬下，而是澪變成刃更的屬下。

「呃——眼前就先請澪大人親吻刃更哥怎麼樣？反正，就算主從契約搞反了，但還是達到最初的目的，可以互相知道對方的所在地點啊。」

當萬理亞一說完這些話，澪滿臉通紅地說：

「開、開什麼玩笑！憑什麼我得當刃更的僕人啊！」

那個，僕人這說法是不是不太對啊？如果是當僕人，刃更打死也不願意。

「但是，再這樣下去……啊。」

聽到萬理亞的驚叫再一看，發現刃更右手上的魔法陣開始要消失了。

「澪大人，快點！魔法陣，魔法陣要消失了！反正契約是可以解除的，總之先親下去再說啦！」

「可、可是……不是得到下次滿月才能解除？那樣……」

雖然萬理亞十分焦急，但澪還是猶豫不決，不一會兒魔法陣完全消失了。

「啊啊……」

就在看到這個情形的萬理亞發出慘叫的時候。

「嗯……咦？這是……什麼？」

澪的身體突然劇烈抖了起來，她不知所措地說道。然後——

「不會吧……討、討厭……」

她滿面通紅地喃喃說道，並整個人癱坐在地上，接著身體開始微微顫抖。

第②章
第一次的主從契約

「喂、喂……妳沒事吧？」

那麼說的刃更，伸手抓住澪的肩膀那一瞬間——

「——呀啊啊嗯！」

澪發出歡愉的叫聲，身體也同時劇烈地顫抖。

「什、什麼啊……？」

看到這突如其來的反應，刃更趕忙把手鬆開，一旁的萬理亞則緊張地說：

「糟糕……詛咒的效果已經……」「——『詛咒』？」「啊……」

看到萬理亞露出「糟糕」這樣的表情，刃更一把抓住她的腦袋。

「可以請妳好好告訴我這是怎麼回事嗎——而且是毫無隱瞞。」

「啊、啊哈哈……」

看著刃更近在眼前的臉，萬理亞發出幾聲乾笑。

「那、那個啊——這個魔法不僅能掌握彼此的位置，其實讓屬下經常維持忠誠度，也是『主從契約』重要的目的。當屬下背叛主人，或感覺到屬下做了什麼虧心事時，當做懲罰的詛咒就會發動。而詛咒原則上是受詠唱者的特性所影響，但這次是用我的魔力詠唱……」

刃更看著倒在地上滿臉通紅並不斷嬌喘的澪，然後說：

「萬理亞……我記得妳好像是夢魔對吧？」

「是的。要我打肉搏戰也是沒問題啦，但原則上我是道道地地的淫魔。」

「也就是說——夢魔的催淫效果變成詛咒？」

「……很遺憾。」

「妳這個白痴痴痴痴痴——！」

刃更忍不住大叫起來，雖然他本來想在自己身上使用奇怪的魔法也是個問題。

「話說回來，為什麼不直接用澪的魔力詠唱？那什麼催淫來著，要是我受那影響襲擊妳們，那還得了啊？」

「啊，關於那點你不用擔心喲——屬下要是違抗主人的意思，詛咒的效力不僅會變更強，而且襲擊主人這種事情，可是最嚴重的背叛行為。要是真做出那種事的話，精神跟肉體將無法承受這種快感，不是會失去知覺就是腦神經燒斷。」

「後者太恐怖了吧！」

那可歸類為最糟糕的死法呢。

「況且，澪大人的能力特性恐怕反而更危險喲！因為澪大人也是在威爾貝特魔王陛下死後，從他那裡繼承力量之後才開始會使用魔法。雖然還沒有覺醒，其特性同樣繼承自威爾貝特魔王陛下的可能性是很高的。順便一提，從前拒絕與威爾貝特魔王陛下締結契約的人，好像是被看不見的力量壓死的。要是沒處理好，很可能會變成走肉塊路線的詛咒，幸好憑我的

第②章
第一次的主從契約

聰明機智才得以避免呢。哎呀——真是千鈞一髮呢。」

「妳得意個什麼勁啊，現在的狀況也夠危險吧！」

「啊……對、對喔！」

面對刃更的吐槽，萬理亞抱頭俯視著澪。

「再這樣下去，澪大人在雙重意義上都是置身在天堂！該、該怎麼辦啊，刃更哥？」

「不，惡魔就算死了也不會上天堂吧。」

刃更無奈地說道。

「可是，魔法陣明明在親吻前就消失了，契約不是算失敗了嗎？」

「是的……不過，魔法在詠唱結束時就已經發動了。而沒有對魔法陣做親吻的動作，就意味著『拒絕對主人效忠』。」

「所以詛咒也強烈發動了啊……」

這根本是糟透的狀況嘛。

「別……別管那些了，嗯，快點……快點救救我啦……」

澪露出完全心蕩神馳的表情，不僅發出嬌媚的聲音還扭動著身子。

她的模樣相當性感，刃更不由得嚥了口水。

「唔……該怎麼做才能停止詛咒發動？」

「因為是主從契約魔法的關係，基本上只要屬下向主人宣誓效忠，詛咒就會停止發動。既然是契約成立後發動的詛咒，輕者會在一定時間後就消除，但這次卻是連契約本身都拒絕──因此首先要做的是讓她一度完全服從，讓主從契約確實締結才行。」

「妳說讓她服從……到底要怎麼做啊？」

「很簡單──請摸澪大人。」

「咦？妳、妳說摸她……摸哪裡？」

那麼做會出現解除詛咒的魔法陣嗎？想不到萬理亞若無其事地說：

「摸哪兒都行。現在澪大人的感覺，因為詛咒的催淫效果而超級強烈。像剛才，刃更哥只是碰她的肩膀就有那麼敏感的反應不是嗎？因為澪大人跟男性完全沒有經驗，也沒體驗過這種快樂，毫無抵抗性。只要在她身上摸個五分鐘，我想她就會變得很聽話並向刃更哥宣誓效忠。」

「等、等一下，萬理亞……妳在說什麼啊……」

萬理亞對大吃一驚的澪露出慈愛的表情。

「請您稍微忍耐一下，澪大人。現在，刃更哥會讓您舒服──沒錯，會讓您得到解脫的。絕不是身為夢魔的我，想看到您陷入歡愉境界的表情喲。好了，刃更哥，快點摸澪大人她害羞的地方，讓她得到解脫吧。」

「妳不是說隨便摸哪裡都可以嗎？」

「沒錯，但我想盡快幫助澪大人得到解脫。時間拖久了，對心理和身體都會是負擔。若是真為澪大人著想，為了讓她盡快服從，我認為應該摸最有效果的地方喲。如果刃更哥個人想慢慢折騰她也沒關係，反正我對那種方式也有偏好。」

「唔…………啊——知道了啦！」

總不能讓澪被這種蠢事搞到沒命，於是刃更在澪的旁邊坐下來。

「不要……別、別過來啦，笨蛋……你要是敢對我做奇怪的事情，我就殺你一百次……嗯！」

「……雖然很遺憾，但妳還是放棄吧。我會盡快結束的。」

刃更一面冷靜地把話說完，一面把手伸向呼著炙熱氣息，同時痛苦扭動著身子的澪。

為了防止她抵抗，因此先用力壓住她的上臂。

「——哇啊啊啊啊啊！」

只不過是這個動作就讓澪的身體猛烈挺起，觸摸到的肌膚明顯很燙。

感受到那熱度和那性感的反應，刃更馬上想打退堂鼓了。

「刃更哥——這是為了澪大人。為了澪大人！」

「……啊，知道了。」

對於萬理亞的輕聲細語，刃更無奈地轉換自己的想法。

關鍵是要讓澪屈服並宣誓服從自己，這樣就沒事了。

只不過自己實在不曾對女孩子做過這種事情。但是——勇者一族雖然有天賦異稟的才能，而要讓那個能力覺醒，必須得到存在於這個世界的精靈認可並締結契約。也就是說，關鍵是要讓精靈認同自己。恐怕這次也是，只要讓澪承認刃更是主人，主從契約應該就締結了。

所以刃更讓自己的心情平靜下來，只想著要讓澪承認自己。

如果要讓澪明白他是主人，就該照萬理亞說的，攻擊澪的弱點。

「呀……啊，嗯嗯……哈嗯……嗯！」

為了找到澪最敏感的地方，刃更隔著衣服在她身上摸索。

可能是詛咒的效果相當強烈吧。無論摸哪裡，澪都會有敏感的反應，她一面發出嬌嗔，一面全身顫抖。但是，過了沒多久——

「啊——呀啊啊啊啊啊啊嗯？」

當刃更碰到某個地方，澪出現了令人無法相信的反應。除了發出比剛才還大的叫聲，同時還全身劇烈抖動。刃更不禁屏住呼吸，萬理亞則露出了笑容。

「看樣子，澪大人的弱點……是在那裡呢。」

第 2 章

第一次的主從契約

她的視線，就落在被視為女性象徵的柔軟隆起處——胸部。

因此——東城刃更做了一次深呼吸，再輕輕把他的手，伸向那最敏感的地方。

全身被甜美的感覺控制的成瀨澪看到了。

她看到刃更的手，正慢慢朝自己的胸部逼近。

「不、不可以……」

她好不容易說出抵抗的話，但刃更並沒有停下動作。只是用宛如變了個人似的眼神凝視澪這邊，也不允許她再做進一步的抵抗。

……怎、怎麼辦……再這樣下去，我……

剛才被刃更碰到胸部的瞬間——流竄全身的甜美刺激，那感覺澪還記憶鮮明。

那股刺激隨即又要來了，一想到這兒她就全身無力。

「啊、啊啊……」

刃更的手，終於觸碰到澪的胸部。那一瞬間，甜美的感覺流竄全身，澪的身體也劇烈抖動。那感覺和剛才一樣——不，比剛才還要強烈。

「不要……那裡不行，不可以啊……刃更……唔！」

澪在刃更的身體下方扭動腰部，用嬌滴滴的聲音苦苦哀求。

但是，刃更的手也沒有離開澪的胸部。

然後——澪看到自己的胸部，因為被刃更的手搓揉而變形。

當她感受到甜美感覺的同時，也了解自己的胸部是多麼柔軟、敏感。澪巨大的胸部，尺寸超過刃更的手所能掌握的範圍。儘管如此，胸部卻彷彿納入五指範圍內，每次搓揉的時候都會從指縫溢出，變成很猥褻的形狀。

所以她再也無法欺騙自己，成瀨澪深深體會到現在得到的是快樂的感覺。

那甜美的感覺讓澪失去思考，接著，那一瞬間突然降臨。

「啊——不要，啊啊啊啊啊啊啊啊啊？」

當瞬時歡樂的感覺呈現空白之後——強烈的歡愉火花，將澪的視野渲染成一片白色。

那是快感從全身的毛孔噴出，身體呈現飄飄然的感覺。

澪不由自主地挺直全身，剎那間都忘了怎麼呼吸。

「……唔，啊……哈……啊啊……」

最後她吐出嬌滴滴又火熱的氣息。當白色霧氣從眼前散去，視野也逐漸恢復原狀。

……不會吧，我剛才……

既然已經是高中生，澪也跟普通人一樣了解那方面的知識。所以，她知道刃更讓自己處於什麼樣的狀態。那一瞬間——澪全身顫抖。但是——

「天哪……為、為什麼……？」

澪發出不知所措的聲音，原以為這樣就結束的，但是那甜美感覺，並沒有從澪的體內消失。不僅如此，還變得愈來愈強烈。

「您這樣不行喔，澪大人……這是因為拒絕主從契約而發動的詛咒。」

萬理亞邊說邊把澪的頭枕在自己的雙腿上。

她以膝枕的姿勢，用小手從旁捧起澪的臉說：

「只要您不肯真心向刃更哥宣誓效忠，那個感覺就不會消失。聽好了……現在，在澪大人眼前的是您的主人，是您要宣誓服從的對象。」

「主人……服從……」

澪已經被快感影響而失去思考能力，此時萬理亞的聲音慢慢滲透到她的意識裡。因此，澪兩眼無神地望向正前方。

這時候，她看到前方有個凝視著自己的青年——刃更。

……刃更他……這個人，是我的主人……

當她一產生這個想法，澪有種幸福到顫抖不已的感覺。服從壓倒性的存在——那份喜悅在澪的體內一下子膨脹，她似乎就要向刃更宣誓效忠了。但是——

「不、不行……那種事，我……」

儘管如此，最後的理性讓澪對那甜美的誘惑心生猶豫。萬理亞不禁嘆了口氣。

然後，大膽說出令人無法置信的話：

「刃更哥，你不要隔著衣服——請直接搓揉澪大人的胸部吧。」

「什……」

澪不由得訝異地抽動身體，刃更則是用平靜的眼神看萬理亞並問她：

「……那麼做沒關係嗎？」

「沒關係。要是繼續手下留情，無論花多少時間都無法讓澪大人解脫。」

萬理亞輕輕撫摸澪的臉頰，語氣平靜地對刃更說道。接著——

「——知道了。」

刃更簡短回答，然後手從澪的胸部往下移動。

「不、不會吧……」

儘管非常訝異，但澪已經毫無力量抵抗。她只能眼睜睜看著刃更的雙手，從Bra-T的下襬伸進去。然後他的手開始緩緩朝胸部往上移。衣服的下襬因為卡在刃更的手背，所以Bra-T不斷被往上撩起來。

「嗯……啊啊，不要……不行，『哥哥……哥哥不要』……」

第②章
第一次的主從契約

澪情急之下突然喊刃更「哥哥」。

那個反應讓刃更的手突然停下來，所以澪鬆了口氣。

……討、討厭。我，剛才無意間……

她的臉變得紅通通的，成瀨澪體會到自己都沒意識到的真心。在公園被救之後，其實自己內心深處，一直就想對非常可靠的刃更這麼喊。

這時候，往她這邊看的刃更說：

「抱歉……請妳再稍微忍耐一下下這令人害羞的行為。」

說完以後，他又把澪的衣服往上撩。

「嗯……啊……呀……嗯。」

上半身逐漸露出而感到的羞恥，以及刃更的手掌慢慢滑到腹部上所帶來的快感，讓澪不禁扭動著身體。不過，她能做的抵抗也只有那樣。不一會兒，衣服已經被撩到澪胸部的位置。那表示刃更的手，跟澪的胸部之間已經任何沒有遮蔽的東西。澪實在無法忍受這種羞恥，不禁把臉別到一邊。

「不可以喲，澪大人……眼睛不能別到一旁或閉上。請您一定要仔細看，看自己接下來會變成什麼樣子。」

讓自己膝枕的萬理亞，用手迫使澪的臉面向正前方——面對著刃更。

完全無法逃避。然後——

「……我要開始嘍。」

刃更說完這句話沒多久——澪看到自己的胸部被他的手直接撫摸。

就在胸部直接被搓揉——澪親身了解這行為意味什麼的那一瞬間。

「——————」

成瀨澪不僅發出她人生中最銷魂的叫聲，全身也劇烈顫抖。

然後——過沒多久澪的詛咒被解除了。

「啊……嗯，哈……啊……」

可能是體內還殘留著快感吧，被帶到沙發躺下休息的澪已經精疲力盡。

「『九次啊』……不愧是澪大人，比想像中還有韌性呢。」

「妳……好歹也是這傢伙的屬下吧，難道就沒有其他話可說嗎？」

看到萬理亞在澪的面前若無其事這麼說，疲憊不堪的刃更如此說道。

——後來，儘管已經做到那種程度，但澪的心還是不肯向刃更屈服。

所以，只能夠不斷攻擊澪的胸部，直到她打從心底承認主人並宣誓服從為止。

當全身顫抖的感覺一次又一次地烙印在澪的身體，她終於發出嬌滴滴的聲音，還發出夢囈似地不斷喊刃更「哥哥」。就在萬理亞說的第九次，才終於宣誓服從刃更，澪也順利從快樂的詛咒解脫了。

萬理亞對訝異地看著自己的刃更，露出促狹的笑容。

「又來了～刃更哥不也是從中途變得很起勁？」

「我、我哪有……」

刃更紅著臉連忙否定。

「就算澪大人拚命說不要，但你的手一直到最後都沒停止摸她呢。」

「那、那是因為……妳說不快點摸她會有危險啊。」

「不過澪大人，中途喊你『哥哥』的那一瞬間——你應該有嚇一跳吧？」

「唔……」

的確沒錯，那個時候差一點就失去理智……不對！

「那、那個，接下來該怎麼辦？契約真的可以解除吧？」

「那個你大可放心。就像剛才說過的，只要主人跟屬下雙方同意，下次滿月的時候再詠唱同樣的魔法，就能讓契約失效了。」

「下次滿月……這麼說的話，將近一個月無法解除嘍？」

第②章
第一次的主從契約

仔細想想，其實還有些沮喪。不過在那之前，就盡量跟澪建立圓滿的關係吧。類似這次的狀況要是再來個幾次，就各種意義來說都太危險了。

當事情暫時平息之後，刃更問了他一開始就抱持的疑問。

「──話說回來，萬理亞妳為什麼要隱瞞詛咒的事？」

萬理亞一副過意不去地說「那個啊，是因為」懷著歉意說道：

「難得刃更哥想要幫助澪大人，為了不讓你中途變卦，想說拿那個當做保險……加上契約是真的可以解除，就覺得不說應該沒問題吧。真的很抱歉。」

「是嗎……」

刃更嘆了口氣。

「咦……你不生氣嗎？我還以為，鐵定會被狠狠教訓一番到天亮呢。」

刃更點著頭對訝異不已的萬理亞回答「沒錯」，然後──

「──因為那並不是我的工作呢。」

就在刃更那麼說的同時，有人從後面用力揪住萬理亞的頭。這根本就不用說是誰了。緊接著一個冷到骨子裡的聲音，對臉上不斷冒冷汗的萬理亞說：

「……萬理亞，我有點話要跟妳說，可以過來一下嗎？」

萬理亞的頭宛如被萬鈞之力抓住，接著澪就將她拖出客廳。

「啊啊！澪大人，我的頭……頭很痛啊！我又不是故意……我不是故意的啦！」

儘管萬理亞哀叫連連，澪完全不予理會。只聽到她們直接上樓梯的聲音。

緊接著二樓的房門發出猛烈的關門聲以後——就傳來一連串悽慘的悲鳴與重物摔落的振動聲，甚至是什麼物品摔破的劇烈破碎聲，不過刃更都當做沒聽見。他覺得，至少也得讓她發洩到氣消為止。

然後——這一天東城家的噪音，從三更半夜到天亮都沒有停過。

第3章 重逢與信賴的夾縫間

1

屬下一旦背叛主人，詛咒就會立即發動的主從契約魔法。

大約要等一個月後——也就是在下一個滿月夜晚以前，是無法解除的。

雖然刃更他們當初也不免對前景感到絕望，但總算平順地度過了一個星期。

——無論事情的來龍去脈為何，既然契約已經締結，接下來就是看如何應付迎面而來的狀況了。

首先就是盡量小心不要發動詛咒，順利做到那一點以後，接下來就是說服澪，並且逐漸確認發動詛咒的條件，甚至其他效果也都要加以確認。

如此一來，他們終於對契約魔法有比較深入的了解。

首先——屬下並沒有被迫要做到絕對服從的程度，因此沒必要聽從不合理的命令。這是因為主從契約似乎並不是只對單方面有作用。因此主人這邊，也有必要以合乎主人的態度回應屬下。這跟鎌倉時期正式開始的將軍與武士的主從關係——「御恩奉公」很接近。不過，就算主人提出無理的命令，但基於他在契約裡的立場是處於上位，詛咒並不會對主人發動。儘管如此，屬下不需要服從主人的奇怪命令這點，對刃更他們來說可是鬆了好大一口氣呢。

——那麼，要怎麼判斷屬下背叛主人並發動詛咒呢？

這就有點複雜了，「精神上的背叛」似乎是詛咒發動的條件。

話雖如此，屬下又沒有被迫得絕對服從主人。對於不合理的命令，手下有「違抗」的權利。就算行動上看起來是「反抗」或「背叛」的行為，例如說「糾正」錯誤等等，但只要是為主人著想的行為，都是被允許的。

相反的，若不服從正當性的命令或表現出不合理的態度，那麼詛咒就會毫不留情地發動。而詛咒的強度，是由手下所感到的「內疚」情緒——也就是「精神上的背叛」的程度等比例發動。

而且詛咒一發動，澪的脖子上就會浮現出項圈般的痕跡，當做是詛咒的象徵。

但是——原則上只要是為對方著想、信賴對方，那麼詛咒就不會發動。

剛開始是因為刃更與澪的契約沒有按正常的方式進行，才會造成混亂。但實際上這契約是能提高主從之間的信賴關係，並掌握雙方所在地點的魔法。

所以什麼問題也沒有——就這樣不斷拚命自我暗示地過了一個星期。

第3章
重逢與信賴的夾縫間

然後——暑假結束了。

雖說暑假結束了，但不代表夏天也跟著一起結束。

只要是晴朗的天氣，氣溫總是輕輕鬆鬆地飆破三十度。

一大早就熱得發昏的這一天，東城刃更初次走在通往新學校的路上。

從今天起是第二學期，全新的學校生活開始了。

「啊——熱死了……可惡！」

雖然穿的是夏季制服，但褲子並不可能是短褲。加上四周淨是穿同樣制服的學生，過高的人口密度讓人真不爽。

「真羨慕女生……穿的是裙子，長度還那麼短。」

「——喂，你少隨便亂說好不好？到了冬天我們反而很冷呢。」

對於刃更的牢騷，旁邊傳來冷冷的聲音。是跟他穿同一所學校制服的澪。

由於已經大致摸清發動詛咒的標準，一般對話中若出現吐槽的話並沒有問題。會帶來麻煩的是懷有惡意，或是內疚的情緒。

「可是，妳們冬天不是會在裙子底下加短褲，甚至還毫不在乎地穿運動服。」

每個女生都若無其事地破壞男人的純情。這個時候——

「那是當然嘍，冬天不穿暖一點怎麼行！」

「結果，妳們的冬天不也是暖呼呼的！」

糟糕，雖然不自覺地吐她槽，結果我也自顧自地情緒激動還得了？就在這個時候——

「就是嘛——刃更哥請你冷靜一點喔。」

背後傳來有些稚嫩甜美的聲音。回頭一看，萬理亞正快步跟在刃更他們後面。她穿的當然不是制服，而是涼爽的連身洋裝打扮。

「就是因為想著很熱才會這麼熱。那種時候啊，看我就對了。」

話一說完，萬理亞開始摸索起手上拎著的超商購物袋。

她先拿出寶特瓶飲料「咕嚕咕嚕」地喝起來，接著撕開冰棒的包裝袋咬了一口。然後滿臉幸福地發出「嗯——」的聲音並瞇起眼睛，再笑臉盈盈地往刃更這邊說：

「怎麼樣？看到涼爽的畫面，自己也覺得涼快了吧？」

「怎麼可能啊！」

「嗯——因為在學校保護澪大人的工作得交給刃更哥，想說這麼做可以讓你稍微打起精神的。」

萬理亞沮喪地舔著冰棒，那個模樣讓人覺得猥褻得誇張。

第3章
重逢與信賴的夾縫間

這不經意的行為，不禁令人深深體會到她果然是夢魔呢。

「……謝謝妳的好意啦。」

覺得被她搞得很累的刃更再次把視線移回前方。在那前方，一群穿著同樣制服的學生人潮，看起來像是被吸進圍牆裡面，而過沒多久刃更他們也到了那裡。

「喔～是這裡啊。」

刃更在正門口停下腳步，抬頭看向眼前的高大建築物。

私立「聖坂學園」。這就是澪念的學校，從今天起刃更也要在這裡就讀了。

「那麼澪大人，我就在這附近待命了。」

「嗯，拜託妳了。」

主從契約魔法出錯那天晚上，澪對萬理亞簡直是怒不可遏。但畢竟也過了一個星期的時間，澪的怒氣也消了。澪與萬理亞，又完全回復到情同姊妹般的關係。

對澪回應「是」的萬理亞露出微笑，忽然間抬頭看著刃更說：

「那麼刃更哥，澪大人就拜託你了。學校算是人多的地方，應該沒什麼問題。」

「放心，有什麼事會立刻通知妳的。」

不過，刃更突然冒出一個疑問。

「可是……妳說要在附近待命，今天是平日耶？妳在這附近徘徊的話，被警察看到不是很麻煩？」

結果——

「呵呵呵呵。不用擔心，完全沒問題喲——」

萬理亞呵呵地笑著，並且從肩背的小包包裡拿出一張卡片。

「你看，為了針對這種狀況，我早就準備了十八歲的假駕照。這可是十八歲喔，所以現在的我，在平日的上午也可以隨便到處逛。」

「喔，這樣啊……」

真是敗給她了，刃更只覺得無力。就算是十八歲，也沒辦法隨便到處逛吧。

應該說，瞧妳還笑得那麼燦爛，但是很抱歉——妳那個樣子說是十八歲，鐵定會被懷疑拿偽造證件的。

2

進入校內，因為正值學生到校的尖峰時間，走廊上到處都是學生。

而身為轉學生的刃更，與澪分開後先去教職員辦公室報到。他在門口說明自己是轉學生

第3章
重逢與信賴的夾縫間

以後，就被告知到隔壁的會客室稍等一會兒。然後在鈴聲響了幾次以後，一名年輕的男教師手裡拿著點名簿走了進來。他露出燦爛的笑容並伸出手說：

「我是你的班導坂崎守。今後請多指教喔，東城。」

「是嗎，你好……」

儘管有點被那過於爽朗的氣勢壓倒，刃更還是跟他握了握手。

由於教職員會議結束後，馬上就是班會的時間，於是兩人迅速往教室走去。

「雖然經常有學生是基於家庭因素轉學，但東城的情形好像有點複雜呢。」

「呃——算是吧……」

由於跟澪同住的事情無法對學校隱瞞，因此讓校方知道的，就跟刃更當初被告知的內容差不多，就是雙方家長希望在再婚前先同住一陣子，看看兩家未來是否適合當家人。但是，這件事應該還沒對班上同學說。

「不過，雙方家長還特地準備這樣的試驗期，可見他們是很認真考慮孩子們想法的父母親呢。」

刃更含糊地回答「是啊」，他不敢說實際上這從頭到尾都是個騙局。

話說回來，那的確有迅他自己的考量，所以坂崎倒也沒說錯。

……啊，話說回來。

刃更就忽然想起的事情詢問坂崎。

「那個……我老爸好像有個熟人在這所學校，請問老師有聽說嗎？」

辦理轉學手續的時候，迅說不定得到那個人的什麼幫助。

那樣的話向人家道聲謝會比較好呢。不過——

「是嗎？這我倒沒聽說耶，不然等一下我幫你查查看？」

「啊，那不用了。」

既然身為班導的坂崎沒聽說過，可能表示這件事或許不要說會比較好。

就在刃更簡短謝絕班導的好意時，兩人已經來到教室前。

「這裡就是我們的教室了。面對新家人跟新學校，可能會遇到各式各樣的困難，但馬上就會適應的。而且，班上還有成瀨在呢。」

刃更有些驚訝，畢竟兄弟姊妹或親戚在同一班的情況並不多見。他原以為會跟澪不同班，難道是校方為我們著想所做的安排嗎？

「而且班長是個很認真的人，也有我這個班導在。如果有什麼不懂的事情，儘管提問不用客氣。好了，我們進去吧。」

話一說完，坂崎便走進教室，刃更也跟在後面走進去。班上應該已經聽說有轉學生要來的消息吧，站在黑板前面，可以清楚看到全班同學的臉。

第③章
重逢與信賴的夾縫間

……傷腦筋。

刃更在心中嘆了口氣。教室裡的所有視線全部集中在自己身上，並且開始進行評估。這就是轉學生無法逃避的宿命。

男生毫無例外，不管三七二十一，光看到來者是男生就顯得非常失望。雖然早有心理準備，但還沒做自我介紹就已經知道是場敗仗，老實說真的很令人氣餒。即使自認為長相很普通，不過有幾個女生倒是對刃更頗感興趣。

……啊。

其中，就包括坐在後面靠窗的澪。

……她果然很顯眼呢。

從這邊看過去，重新認識到澪的可愛。教室這種空間，所有人都穿同樣的制服，而且坐在排列整齊的座位上，大家條件相同。正因為如此，更能突顯其出眾的特質。因為刃更一直盯著看，澪便把視線別到窗外去。

好了～又少了一個人——剩下的還有……

……嗯？

跟澪一樣坐在靠窗的那一排——最前面的女生正往這邊看。

是個美麗的少女。與澪那鮮明的存在感呈對比，散發著清澈透明的冰冷感覺。

雖然是不同類型的女生，卻是毫不輸給澪的美少女。

看到她旁邊的座位是空著的，恐怕那就是刃更的座位吧。

原來如此，如果轉學生會坐在自己隔壁，會感興趣也是理所當然的呢。不過——

……呃——這到底是怎麼回事啊。

雖然是個可愛的女孩，但被她這樣目不轉睛地盯著看，實在有些尷尬。

就在這個時候，站在講桌旁的坂崎適時發出了那過於爽朗的聲音道：

「好了，這位就是大家已經知道的轉學生——東城，跟同學們做自我介紹吧。」

「啊，是……」

刃更隨即在黑板寫下自己的名字。

「呃——我叫東城刃更。名字聽起來可能有些嚴肅，但正如大家所看到的，是個很普通的傢伙，以後還請大家多多指教。」

反正這名字遲早會變成大家吐槽的梗。當他自嘲地這樣自我介紹完以後，男生們的表情變得和緩不少。看到教室內出現了一點歡迎的氣氛，刃更不禁鬆了口氣。

接下來就是提問時間，回答些無關緊要的問題之後，班會結束的鈴聲終於響起。於是坂崎「啪」地拍手說——

「——好了，暫時先聊到這裡吧。剩下就等開學典禮結束後再說吧。東城，你的座位是

第3章
重逢與信賴的夾縫間

那個空著的位子。野中，就由身為班長的妳負責照顧東城吧。」

「……是。」

剛才那位美少女站了起來，並且輕輕地點頭。看來她就是班長呢。

「好了，全體到走廊上排隊，準備到體育館喔。」

這時候，全班聽坂崎的話開始站起來。

「雖說要排隊……可是我該站那裡啊？」

望著走出教室的人潮，刃更無所適從地愣在原地。

「——刃更。」

忽然聽到有人在叫自己，刃更嚇一跳地回頭看。

「呃——有什麼事嗎，班長……？」

剛剛那名少女，不知什麼時候已經站在自己旁邊。雖然突然被她以名字稱呼，著實令他嚇了一跳，但身為轉學生的刃更今後將受到她的照顧。所以——

「今後請您多指教呢，班長。我會盡量不給妳——」

「添麻煩的」……雖然他想那麼說，但是說不出口。因為突然被人緊緊抱住。

「咦——？」

剎那間，刃更不知道發生了什麼事。

但女生的柔軟感觸以及淡淡又甜甜的香味，告訴他這就是現實發生的狀況。

「你、你、你、你們在做什麼呀！」

比任何人先察覺到刃更他們這個行為的澪，紅著臉推開目瞪口呆的同學們，並朝他們這邊走來，她的眼睛還略露凶光。

「喔喔？班長，請妳放開我好嗎？再這樣下去可能會有危險！」

有危險的主要是我。

「不過妳不僅直呼我的名字還擁抱我，難道班長是在國外長大的？」

「……不是。」

野中如此回答，但還是緊抱著刃更並抬起頭來說：

「刃更……你真的忘了嗎？」

接著，對著刃更露出有些不滿的表情。

「嗯？話說回來，野中……難不成？」

刃更的記憶，終於對班導坂崎喊的班長的姓氏有了連結。

「難不成妳是……柚希？」

對自己睽違數年再次喊的青梅竹馬的名字，眼前的少女輕輕點了點頭。

「刃更，好久不見……」

野中柚希開心地說道並露出笑容。但這個時候——

「你們也差不多該分開了吧！」

強行介入的澪把刃更和柚希分開。

「突、突然就把人抱住不放……妳、妳未免太奇怪了吧？」

她滿面通紅地質問柚希，但柚希若無其事地說：

「不會啊，對我跟刃更來說這是很普通的事呢。」

「普、普通……？等……等一下，刃更，這話是什麼意思？」

看到澪表情可怕地瞪著自己，刃更為難地說：

「不是啦，我跟柚希是青梅竹馬……這傢伙以前跟我很親近。」

「親近……你又不是狗或貓！」

「話是沒錯啦……」

但沒辦法，事實就是如此。因為兩人同年又住得很近，幾乎就像兄妹般一起長大。話說回來好刺，澪的就不用說了，但其他同學的視線也好刺人。尤其是男生的。

不過這也難怪啦。在旁人的眼中看來，根本就是澪跟柚希在爭奪刃更。

……糟糕。再這樣下去，好不容易在自我介紹時建立起來的友好氣氛會……

可是，該怎麼解釋好呢？就在刃更不知所措的時候，事態卻不斷在惡化。

「……這跟成瀨同學沒關係。」

結果柚希冷冰冰地這麼說——這對澪來說無疑是火上加油。

「當、當然有關係！」

刃更還來不及阻止，澪就用走廊都能聽得到的聲音大叫那決定性的一句話——

「因為我……跟這傢伙住在一起！」

3

接著開學典禮結束，上了幾堂課之後，到了午休時間。

開心用餐時的氣氛正在校園裡擴散中。

刃更則是孤單地坐在自己的座位上無所事事，他不禁地喃喃說：

「……不會吧？」

天哪，這真的超乎自己的想像。竟然有人能在轉學第一天，就被孤立到這種程度。

總之，男生似乎都跟自己為敵了。被柚希抱住就已經夠糟了，澪的同居宣言根本就是致命一擊。

相對的，女生在開學典禮結束回到教室後，就對刃更展開毫不留情的質問攻勢。雖然也提供一些澪跟柚希的情報，不過在得到了她們想要的情報後，就心滿意足地離開，然後就再也沒人跟自己說話了。

因此，刃更能夠說話的對象，就只剩下澪跟柚希。

——可是，唯一可以指望的兩個人現在卻不在。柚希可能是為了班級幹部的事情被老師叫去。於是想找澪一起吃午餐，結果她說「你難得與青梅竹馬重逢，你們兩個一起去吃吧」，然後就跟班上其他女生離開了。就某種意義上來說，這也算是替主人著想的提案，因此主從契約的詛咒也就沒有發動。

於是——演變成現在的孤立狀態，刃更無奈地嘆了口氣。

「總之，先離開教室吧……」

在這裡呆坐也不是辦法。既然沒帶便當來，能選擇的就只剩下學生餐廳或福利社了。就在他從座位站起來，準備走出教室的時候，突然有人叫住刃更。

「嗨——想不到一瞬間與班上大部分的男生為敵，真是悲劇呢——轉學生。」

回過頭一看，有個臉上露出親切笑容的男生站在那兒，是班上其中一名同學。

「那個……你叫瀧川對吧？」

「咦，你知道我的名字？難道我們以前在哪兒見過？」

第3章
重逢與信賴的夾縫間

瀧川露出不可思議的表情，因為在班上做自我介紹的只有刃更。當然，包括瀧川在內的其他同學並沒有向刃更介紹過自己的名字。

「喔，那是因為坂崎老師給了我這個的關係。」

刃更從口袋裡拿出一張紙給瀧川看——那是班導坂崎為了讓自己盡快記住班上同學的名字，準備的座位表副本。

「是嗎——不愧是坂崎，真細心呢。」

明白是怎麼回事的瀧川點著頭，親密地把手搭在刃更的肩上。

「既然如此，一起去吃飯吧，轉學生。你午飯應該還沒吃吧？」

「還沒……不過，你怎麼會突然冒出『既然如此』這句話啊？」

「轉學第一天就被班上的男生視為敵人而被孤立的轉學生，在午休時間拱著背散發著孤獨感。你那模樣實在太可憐了，讓我不禁想跟你說話。而且，我也是去年才搬到這附近，對於轉學生的辛苦與憂鬱之類的感覺也稍微有些經驗。」

很感謝你的關心，但你不能稍微換個說法嗎？

不過他人看起來應該不壞。

「那你叫我東城就好了……我也叫你瀧川。」

「好吧。那麼東城，要去學生餐廳還是福利社？」

「這個嘛……今天就去福利社吧。」

畢竟現在是午休時間。學生餐廳裡人太多，覺得心境上會靜不下來。不如隨便買點什麼吃的，到人少的地方慢慢吃。

「既然這樣最好快點去喔，否則拖太晚就沒什麼可買的。」

瀧川如此說道並開始往前走，刃更也從後面追上他。

「只不過，你居然是澪公主的未來繼兄，還是柚希公主的青梅竹馬……想不到你獨占我們學校引以為傲的兩大偶像，是多麼崇高的霸王地位啊。」

「公主……？大家那麼稱呼她們啊？」

她們的容貌的確是很出眾啦。

「是啊。所以，我想其他班的學生跟高年級的學長都與你為敵了。畢竟她們兩個在我們學校的人氣可是非常高，好像還有大批瘋狂粉絲呢。」

話一說完，瀧川聳了聳肩邊笑了起來。

「男人的嫉妒心可是出乎意外地比女人還要執著，講白一點也會持續很久喔。」

原來如此。難怪下課時間走出教室去喝水的時候，其他班的男生用充滿敵意的眼神盯著自己看。去洗手間的時候，也感覺到了莫名的殺氣。

「啊——果然來晚了。」

當兩人抵達福利社，來買午餐的學生已經排了長長的人龍。

刃更跟表情痛苦的瀧川一起排在隊伍的最後面，他若無其事地問：

「對了……你說那兩個人的粉絲很瘋狂，『以前有因此發生過什麼麻煩的事情嗎』？」

「那是什麼意思？聽起來很聳動耶……你指的麻煩，舉例說來是什麼樣的情況？」

瀧川看著隊伍前方說道，刃更起了個前言說「這個嘛」又繼續說：

「譬如說有人強勢追求她們……或者，嫉妒她們人氣太高的女生惡整她們什麼的。」

「怎麼可能。況且有人敢搶先的話，其他粉絲也不會默不作聲吧。至於女生也知道成瀨跟野中的人氣很高，要是隨便惡整她們，鐵定會變成其他男生的眾矢之的。」

「這樣啊……」

也就是說澪在學校的時候，某種程度上是處於眾人矚目的狀態。

雖然有敵人混進校內的風險，但照這個情況來看，應該無法採取什麼強硬的手段吧。

……畢竟，她現在都已經正常度過一個學期呢。

當然，也不能因為這樣就認定校內是安全的，至少也要確實掌握必須保持警戒的場所與時段，把範圍縮小點。

刃更心裡正這麼想，一旁的瀧川露出促狹的笑容說：

「對了，之前倒是有個想偷跑的高二男生被幾個高三的教訓了一頓……這樣看來，反倒是你自己的處境最危險吧？」

「好像是……」

確實是有這個感覺。畢竟從來到福利社之後，部分男生就一直瞪著這邊。澪的危險不大固然是好事，但卻要開始擔心自己的學校生活了。

「但瀧川你這樣沒事嗎？照這樣看來要是和我在一起，你也會被瘋狂的粉絲盯上吧？」

對於刃更的詢問，瀧川笑著說：

「不用擔心。我跑得可快了。有事的時候，我會丟下你逃跑的。」

真是值得信賴的同班同學。瀧川接著開心地說道：

「而且和學校引以為傲的兩個美少女都有牽扯這種事，總讓人覺得很厲害。這就是所謂的主角體質吧？與擁有『運氣』或『看不見的力量』這種東西的傢伙在一起，學校生活似乎也會充滿各種樂趣呢。今後就請你多關照了。」

「我也請你多關照。只是……很遺憾，我可沒有那種運氣或是力量。」

刃更苦笑著。因為自己不過是──失去勇者資格的配角罷了。

第3章
重逢與信賴的夾縫間

放學後。

出了教室就一直不發一語的澪，來到川堂時終於開口了。

「……你幹嘛一直跟著我？」

「沒有啊，我不過是要回家而已……」

聲音聽起來很不高興，看來還在氣班會後發生的那件事。

不過，那件事自己也的確是嚇一跳呢。

——可是，氣也差不多該消了吧。我在學校已經幾乎被孤立了，再這樣下去，我看回到家她也不太會跟我說話呢。

這時候就讓她重新思考一下「人」這個字的意義吧。

讓我們相互支持吧。

「我說澪……妳對『人』這個字有什麼看法？」

「看起來就像你跟野中抱在一塊的樣子。」

不行，行不通，完全無法溝通。如此一來，只能期待第三者的介入了。

往正門走去的刃更，視線望著遙遠的前方。這時候——

「澪姊姊，刃更哥。」

在校門口等待的萬理亞，正用力地揮手。看來她想在外人面前貫徹姊妹這個設定。不過她要是真的喊「澪大人」，別人應該會覺得很詫異吧。

「兩位……進修辛苦了。」

「很感謝妳來接我們啦，但妳這種說法有點不對勁耶。」

別講得好像我們是從監獄裡出來似的，生活輔導老師正往這邊看呢。

這時候萬理亞注意到澪很不高興的樣子，仔細打量過刃更這邊跟澪的表情以後——

「刃更哥，刃更哥……」

她拉著我的袖子到離澪有一點距離的地方，輕輕在我耳邊問：

「澪大人怎麼了？怎麼感覺非常不開心的樣子。」

「這個嘛，因為發生了一些事情……」

「？……喔～我懂了。原來如此啊，沒做避孕措施可不行喔。」

「喂……妳剛剛那幾秒鐘想到哪裡去了？」

果然不能仰賴別人呢，還是自己想辦法吧。這個時候——

……嗯？

忽然間，發現站在對面的澪正往自己這邊看。

「…………」

她的表情，好像在等著刃更說什麼話。

……我想也是。

突然發現約定要保護自己的對方有著不為人知的一面時，會感到不安也是理所當然的事情。

沒什麼大不了，因為自己跟澪還沒建立起鞏固的信賴關係。

無論是以家人的身分——還是以夥伴的身分。但是——

……讓妹妹擔心，算是我這個當哥哥的人失職呢……

刃更用那種想法對自己打氣，然後走回澪的身邊。

「……幹什麼？」

還在鬧彆扭的澪把頭別到一邊，但眼睛卻往這邊瞄了一下。

就在刃更開始想該說什麼話讓澪安心的時候。

「——刃更。」

旁邊傳來輕輕呼喚自己名字的聲音，打斷了刃更的思緒。野中柚希不知道什麼時候，已經站在距離不遠的地方。而且，完全無視露出不悅表情的澪，她對刃更說：

「我有重要的話要說……就我們兩個人。」

5

刃更答應柚希提出只有他倆私下談的要求。

果然不出所料，變得很不高興的澪丟下刃更就逕自回家，不過還是有萬理亞陪在身邊。現在這個季節太陽還沒有很早下山，而且放學時間人也很多。就算只有她們兩個，應該沒什麼好擔心的吧。

刃更跟柚希來到車站前的咖啡廳，在被帶到店裡面的空位以前都沒什麼異狀。不過——

「……那個，柚希。這不是吧台是桌位耶，妳能不能坐到對面？」

明明是能坐四個人的桌位，柚希不知為何在刃更的身邊坐了下來。

「不行。接下來我要說的話，最好不要讓其他人聽到。」

兩人距離就已經很近了，柚希卻還是把椅子往刃更這邊挪到靠在一起。距離近到雙方手臂都碰得到。肌膚光滑柔嫩的觸感，還有柚希身上散發的女生甜美香氣

——……唔！這實在，不太妙……

兩人分開的這段時間，兒時的玩伴已經擺脫過去的稚氣，成長為一個女孩子，這樣的反

第③章
重逢與信賴的夾縫間

差不禁讓刃更異常地在意起來。反倒是柚希若無其事地看著手中的菜單。

後來兩人簡單點了些飲料，喝過冰水潤了潤喉嚨以後——

「……謝謝你願意來。」

柚希緩緩說道。

「這沒什麼啦，我也正好有事想跟妳說。」

在學校的時候，周遭的眼神實在太可怕，結果兩人沒能好好說話。

「太好了……」

柚希似乎鬆了一口氣。

「我還以為刃更在生我的氣呢。」

「嗯？為什麼？」

「因為……我明明抱著你，你卻一點高興的樣子都沒有。」

「不是啦，當時我還沒認出是妳……」

最後一次跟柚希見面是十歲的時候，那已經是五年前的事了。加上大家都在成長期，也難怪一時之間認不出來呢。被自認是初次見面的女生突然抱住，任誰都會愣住吧。況且——

「……妳變了呢。」

首先想到的，是現在的她美得讓人驚豔。刃更印象中的柚希，在兒時玩伴中的體型是比較幼小，但現在看起來反而比實際年齡還要成熟。
柚希說「可能是髮型改變了的關係吧」，的確以前的柚希是留著一頭長髮。
不過——重逢的時候，刃更沒有認出柚希並不是那些原因。
再仔細想想……
……我記得這傢伙，以前是不會有這種表情的……
雖然她從小話不多，但是個感情豐富的小孩。可是，坐在旁邊打量自己的柚希，臉上看不出有任何感情。
……五年了啊。
恐怕，是刃更不在的那段時間讓她有所改變了吧。現在的柚希，或許已經不是刃更認識的那個柚希。就像現在的刃更，已經跟五年前那時的他不一樣。
「……話說回來，我以前會露出那種很高興的表情嗎？」
發現思緒飄向不好方向的刃更，趕緊把話題又拉了回來。
柚希點了點頭說「嗯」。
「你要是被我抱住，都會緊緊地回抱我。」
「嗯——是那樣嗎……」
「——還有，會趁機摸我的屁股。」

第3章 重逢與信賴的夾縫間

「咦，真的假的？」

我怎麼完全沒印象啊。話說回來，那根本就是個色小鬼嘛。小時候的我在幹什麼啊。

……啊。

看到慌亂的自己，柚希的臉上終於露出笑容。

她那沉穩的微笑，與刃更記憶中過去那個柚希重疊在一塊。

現在終於有真實的感受——自己現在的確跟青梅竹馬柚希重逢了。

那件事當然讓自己很開心。不過，正因為這樣就更不能逃避。

「……然後呢？妳想要說什麼？」

對刃更的問題，柚希並沒有立刻回答。

而且臉上的微笑，又變回原本冷冰冰的撲克牌表情。

「……是成瀨澪的事。」

她宛如呢喃般地輕聲說道，那是刃更早就預料到的話。

「刃更……請你不要再跟她有任何牽扯了。」

「『村落派來監視那傢伙的人』……果然是妳。」

沒錯。柚希會在這裡出現，本來就很奇怪。

刃更的青梅竹馬——勇者一族的少女，居然會離開村落出現在這種地方。

「畢竟她是準Ｓ級的監視對象呢……」

「……你已經知道了？」

「從老爸那兒聽來的，那兩個傢伙的狀況我也大概了解。」

「這樣就好說話了，請你馬上離開成瀨澪。」

柚希把手搭在刃更放在桌上的手上面。

然後，輕輕把身子往刃更這邊靠並凝視他。

「她現在被現任魔王追殺──再這樣下去，刃更跟迅叔叔也會被連累的。」

──有人正從遠處的桌位，偷偷觀察刃更和柚希的樣子。

是澪和萬理亞。原本她們想先回家，但還是很在意刃更跟柚希，所以就跟在他們後面。

她們勉勉強強可以聽到那兩人的對話。

「……看樣子，她果然跟刃更哥一樣是勇者一族呢。」

「是、是啊……好像是呢。」

聽到萬理亞這麼說，澪有些尷尬地點點頭。

……原來如此。

她是刃更的青梅竹馬啊。其實仔細想想大概就能明白他倆的關係，只不過早上被發生在眼前的擁抱行為動搖，甚至還大爆出同居宣言，搞得自己完全無法冷靜思考。甚至於現在，還認定他們是要幽會什麼的。

但是——現在回想起來，確實感覺到野中柚希似乎老是在避著澪。

當然，人也有是否合得來這種事。既然對方老是避著自己，就沒必要強迫人家跟你保持良好關係，所以就一直跟她保持距離。

……原來總覺得有人在看自己，是這麼回事啊。

不過，只要對方不來找麻煩，自己也沒有出手的必要。

因為自己的敵人是殺害父母親的那些魔族，要是也跟勇者一族為敵，自己的目的就完全無法達成了。

「澪大人，怎麼辦？那個人好像想要把刃更哥和我們拆散……」

「……是啊，再稍微看一下情況吧。」

順利的話，說不定還能知道勇者一族的動向。

……而且，說不定……

可以聽到刃更的真心話。聽聽看說要保護自己的他，內心其實是怎麼想的。雖然這是完全沒預料到的形式，但沒有比這更好的機會，讓成瀨澪看清東城刃更這個青年。所以澪再次豎起耳朵聆聽刃更他們的對話。

「——嗯！」

可能是做偷窺這種事情讓澪感到有些內疚吧，從體內慢慢湧出的甜美感覺，讓澪的身體抽動一下。是主從契約的詛咒。

「……澪大人？」

坐在感到好奇的萬理亞的旁邊，澪紅著臉並在心中不斷說「這不是偷窺」。自己現在不是做背叛主人的事，只是在擔心他。結果過沒多久，那甜美的感覺便平息下來，澪才終於鬆了口氣。

再一次看著刃更他們的樣子。

話說回來……

只因為重逢就旁若無人地突然抱住刃更，現在則是靠在身上，還把手搭在他手上凝視著他。那個女人——雖說是青梅竹馬，行為也未免太親密了吧。

對於柚希像在懇求地說——「不要再跟澪有任何牽扯了」。

「太遲了……很遺憾，我們已經捲進來了。」

第3章
重逢與信賴的夾縫間

刃更緩緩搖頭，並說出自己的決定。

「我跟老爸已經決定要保護她們了。」

「——可是！」

柚希難得大聲說話，但是稍微停頓一下子之後，又硬擠出聲音說：

「五年前那個事件，刃更你……」

「……嗯。」

刃更知道柚希想說什麼。因為五年前發生的事件，刃更離開了村落。東城刃更並沒有忘記當時做過的事情，以及失去的事物。可是——

「儘管如此……我還是想要保護澪。澪得到的力量，並不是她自己想要的東西。那傢伙只是以人類的身分，當一個普通的女孩子生活。卻因為周遭人們的企圖導致父母親被殺，然後現在——對方又想奪走她的力量並殺死她。」

自己實在無法對這種事情置之不理。對此東城刃更有他的理由。

「因為那傢伙是無辜的。如果村落……如果你們願意保護那傢伙——」

「……那是不可能的事，刃更應該也很清楚才對。」

「我想也是呢……」

面對表情變暗淡的柚希，刃更苦笑地回答。

勇者一族，是為了保護這個世界的平穩免受魔族襲擊而存在的。

那一向被視為最優先的理念——就算是要付出多大的犧牲都在所不惜。

——這個世界中的勇者，可不是幻想世界中那種什麼人都要保護的英雄。

而是隱藏自己的存在，要保護的只有這個現實世界。因此，也要付出必要的犧牲。那是刃更再清楚不過的事情——尤其是，五年前發生那個事件之後。

刃更失去了勇者一族的資格，而迅因為無法以勇者的身分保護那樣的刃更，所以他也放棄了勇者的身分——然後父子倆就離開了村落。

而澪之所以被追殺，那完全是魔族的內訌。村子根本就沒理由幫忙。

所以能夠幫澪的，就只有刃更和迅了。

「我知道柚希在擔心什麼。五年前，我沒能對自己做的事情負責到最後。」

「不對。那不是刃更的錯……因為那是……」

柚希想繼續說下去，但刃更搖著頭說「不」而打斷她的話。

「就算那樣，還是無法抹滅我做過的事情。」

這時，原本一直沉默不語的柚希產生變化。她低著頭，露出一副隨時快哭出來的表情。

「……根本就不對。」

柚希用方言那麼說，這是她無法控制自己感情時的老毛病。

「不管別人怎麼說，當初救了我的是刃更耶……」
「……嗯，謝謝妳。」
聽到柚希這麼說，就算那是不可原諒的事，至少也得到一點點救贖。
雖然自己犯下重大過錯還害死許多人，但還是有保護到什麼。
「但是我，無法對自己做過的事情負責……現在也一樣，我還不知道究竟該如何去面對。」
刃更緊接著說「不過」，並且說出自己的想法。
說出東城刃更不會讓步的想法，彷彿在對柚希還有自己說那樣。
「但是澪……那傢伙跟我不一樣。即使面對悲慘的過去，她仍然拚命想活下去，想要奮戰到底。而我遇見了她這樣的傢伙。當然那是被老爸設計的，而且當我知道被騙的時候，一開始也非常生氣。不過──當我知道所有真相的時候，就萌生了想保護她的想法。這並非單純的同情，或是一時的鬼迷心竅。我是真的想要保護那傢伙喔。的確就如柚希所說的，現在的我已經沒有像以前那樣的力量，而且還有五年的空窗期，我也不知道自己究竟能幫她多少。不過，既然勇者無法保護那傢伙，無法為那傢伙戰鬥。我想，這或許就是我的職責了吧。所以，所以──」
就在他說到這裡的時候，咖啡廳裡發出劇烈的聲響。

刃更跟柚希心想「發生什麼事」而望過去。

「非、非常抱歉！」

只見慌張不已的服務生正蹲在店門口那邊的地上。

恐怕是跟客人相撞，不鏽鋼托盤跟杯子都掉到地上了。

而客人好像已經匆忙離開了，店門還敞開著。

從店裡衝出來的澪一直拚命跑。

她不斷地跑，不斷地跑，跑到都快喘不過氣。最後跌跌撞撞地跑進小巷裡。過沒多久，萬理亞也慌慌張張地從後面追上來。

「澪、澪大人，妳這樣突然跑出來我會很困擾的。妳獨自一個人在外面很危險的——澪大人？」

萬理亞上氣不接下氣地抱怨，但澪並沒有在聽。

這也是沒辦法的事啊，因為已經撐到極限了。

若在咖啡廳裡繼續聽刃更說下去——澪鐵定會哭的。

澪知道自己的臉紅了，但那既不是因為主從契約的詛咒，也不是因為全力奔跑的關係。

第3章
重逢與信賴的夾縫間

「我該怎麼辦，萬理亞……往後，我該如何面對刃更才好？」

身體因為動搖而顫抖不已，她無法克制湧上來的感情。對刃更來說澪應該是個大麻煩，想不到他卻下了那麼大的決心。

自己都不知道刃更他——懷著那麼強烈的想法打算保護澪。

「那樣不是很好嗎……這樣就知道刃更哥真的是個好人喲。」

「可是……」

如此一來，把刃更捲進來這件事就讓她更感到不安。但萬理亞卻搖著頭說：

「您不用擔心。刃更哥的想法，是他自己的事情。我認為澪大人應該做的事情並不是胡思亂想，而是要回應刃更哥這份心意喲。」

「回應……我該怎麼做比較好呢？」

「那還用說嗎？當然就是更加敞開心扉，並且信賴刃更哥。」

「那、那樣就可以嗎？就那麼簡單？」

「就那麼簡單喲——還有，澪大人如果想要為刃更哥做些什麼，就放手去做吧。」

「我想為那傢伙做的事……」

是什麼呢？這種情況下，還是得做些什麼答謝他會比較好吧。

既然這樣，現在的自己究竟能做什麼呢？澪不禁陷入沉思。

「——啊，可是……」

忽然間，萬理亞好像想起什麼似地皺起眉頭。

「他那個青梅竹馬，或許有點危險呢……我們離開咖啡廳以後，不曉得會發生什麼事呢。而且刃更哥基本上又是個濫好人。像剛剛她都已經把手搭在刃更哥的手上，還跟他互相對望。要是她再流點淚，或者採取更大膽的行動，說不定刃更哥就因為同情而呆呆地站到她那一邊……」

「妳、妳說大膽的行動，怎麼可能……那可是有很多人的店家耶。」

澪想要否定那個可能性，但又想起今天早上在教室發生過的事情。

對喔。話說回來，柚希可是敢當著眾人面前抱住刃更的女人。重逢的時候都敢那麼做了。為了留住刃更，做出比那個更超過的事情也不足為奇呢。

……比擁抱更超過的事情……不，不會吧？

糟糕。那種事情，能夠選擇的又非常有限。

「討、討厭啦……那該怎麼辦呢，萬理亞？」

面對開始胡思亂想的澪，萬理亞也露出可靠的表情說：

「澪大人，千萬不要沮喪。這時候要採取主動攻勢。」

「要……要怎麼做呢？」

澪不明真意地問道。萬理亞「呵呵呵」地笑著說：
「包在我身上——我有很棒的方法！」

6

刃更和柚希的對話，到最後一直沒有交集。
無論刃更怎麼說，柚希都無法接受。而不管柚希怎樣說服，刃更還是不肯改變自己的心意。當他們走出咖啡廳的時候太陽已經完全下山，下弦月高高掛在空中。刃更跟柚希像其他趕著回家的人一樣地走在路上。
「……只希望這點小禮物能讓她稍微高興一點。」
刃更一面看著在咖啡廳買回家當伴手禮的蛋糕，一面輕聲說道。
等一下回到家以後，鐵定得想辦法向澪跟萬理亞解釋，搞不好還會被狠狠教訓一番。因此刃更不由得鬱卒起來，但應該在旁邊的身影忽然間消失了。
「……嗯？妳怎麼了，柚希？」
他回過頭看，發現柚希在自己身後不遠處停下腳步。

「……還是不行。刃更跟迅叔叔已經和村落毫無關係……但我不認為只靠你們的力量能夠戰勝現在的魔王派。」

「或許吧……但我們只要不輸就可以了。因為敵人的目標並不是澪的性命，而是沉睡在那傢伙體內的力量。」

刃更又說「而且」──

「現在的狀況還只是魔族之間的爭鬥，因為敵人也不想把事情鬧大。正因為如此，我跟老爸就成了這種狀況下的鬼牌。我們確實已經不是勇者一族了，但還是有戰鬥能力。恐怕敵人也很猶豫不決，擔心要是我們發生了什麼事，勇者一族會替被幹掉的夥伴報仇而出動。」

那樣的話，只靠刃更他們就能戰勝的可能性就很大了。

「可是……」

「我知道。當然，『那種事情實際上是不可能發生的』。畢竟被趕出村落的我跟老爸，已經被當成不曾存在的人物。」

對村落來說，刃更他們非但不再是夥伴，也不算是這個世界應該保護的人類。

所以就算刃更他們死了，村落也還是不會插手吧。

「不過那也無所謂啦。畢竟這是屬於我們自己的戰鬥，所以沒有打算把妳跟村落一起捲進來。」

第3章
重逢與信賴的夾縫間

總之，現在要做的就是保護好澪。就算那只是暫時拖延時間而已。

要是迅能在這段期間阻止敵人的行動，那是最好不過了。如果失敗了，就跟迅會合後再一起想其他方法，但是——

「……那是不可能的。」

柚希輕聲地否定刃更的話。為什麼——刃更還沒開口詢問，就看到柚希的身體發出勇者一族釋放力量時所發出的綠色氣場。

接著，「鏗」地響起尖銳的聲音。柚希具現化的靈刀，已經迅速揮了出去。就跟刃更的魔劍布倫希爾德一樣，靈刀化成裝甲從柚希的手臂覆蓋到手肘。柚希透過一般人肉眼看不到的靈刀，揮出隱形的斬擊之刃。

刃更看到那一擊把虛空中的「什麼」劈開。

「剛剛那是……」

「是低級的無賴惡魔。刃更可能沒有察覺到，但自從成瀨澪繼承了魔王的力量以後，被那力量吸引的惡魔數量正慢慢地增加。雖然現在還不到很嚴重的層級，但遲早會出現危害人類的傢伙。」

柚希一面迅速收回氣場與靈刀一面說：

「如果因為成瀨澪的存在，而造成危及周遭的情況——那麼村落會迅速將她轉變為消滅對象。我想，那個時候大概快到了。」

「柚希……」

刃更不由自主地伸出手，可是柚希避開了。

她用悲傷的眼睛直視著刃更。

「如果真變成那樣，我不會手下留情——就算那會讓刃更恨我。」

然後柚希轉過身，頭也不回地離開了。

留下愣在原地不知該說些什麼的刃更。

7

刃更一回到家就馬上把澪跟萬理亞叫過來，解釋自己跟柚希的關係。

從柚希是勇者一族這件事，到他們睽違五年重逢的事。

以及在咖啡廳被要求從澪身邊離開，但自己斷然拒絕，刃更全一一詳細說明。

因為分開的時候澪一副很不高興的樣子，原本還擔心她不會接受自己的說詞，想不到澪跟萬理亞竟乖乖地聽自己解釋。於是，刃更得以獨自說明了十幾分鐘。

第③章
重逢與信賴的夾縫間

「呃——……所以，這是我在咖啡廳買的蛋糕。」

比預料的還要早結束說明的刃更，戰戰兢兢地觀察兩個人的臉色。可是——

「…………………………」「…………………………」

她們兩人始終不發一語。

……好、好尷尬……

這沉默太沉重了。簡直就跟她們當時亮出真實身分，要刃更離開這個家的時候一樣。

「那、那個……」

無法忍受這股沉默的壓力，刃更先開口希望得到兩人的反應。

「……原來如此，我們知道了。」

萬理亞終於開口說話，刃更也鬆了一口氣。

雖然一旁的澪還是不發一語，但這樣已經算不錯了。

「是、是嗎？太好了。那麼，馬上吃晚飯——」

「——不，在那之前還有一件事。」

刃更的話被萬理亞打斷。

「其實，當刃更哥和野中單獨談話的時候，澪大人跟我感到非常非常不安。擔心刃更哥會不會被野中說服，丟下我們不管……對吧，澪大人？」

「——咦？是的，沒錯。」
突然被這麼一問，原本沉默不語的澪連忙點頭回應。
「真的很抱歉……可是，我不是回來了嗎？」
「的確沒錯。但你們兩人幽會到這麼晚，我還是有點擔心……刃更哥是不是跟她有姦情了？澪大人您覺得呢？」
「是、是的……沒錯。」
澪同意地說道。
「不是，我們不是幽會啦，只是很正常地談話……」
「——你有證據嗎？」
「證據……什麼證據？」
「那還用說嗎？當然是刃更哥沒有背叛我們的證據。」
別一臉得意地提出無理要求好嗎？怎麼可能有啊？
「關於這個問題，只能請妳們相信我了……」
「你這樣會錯意讓我很傷腦筋耶。我們相信刃更哥，沒錯，是相信你。」
萬理亞用有些誇張的口吻說道。
「只不過呢——我們想要更信任刃更哥。希望與今後要並肩作戰的夥伴，建立更深厚的

信賴關係。如此而已……對吧，澪大人？」

「是、是的……一點也沒錯。」

真的嗎？怎麼覺得妳們從剛才就在演一齣爛戲啊。

……話雖如此。

雖說雙方是在順其自然的情況下締結主從契約，但是對彼此的信賴關係仍感到不安也讓刃更很在意。既然迅暫時不在家，不過為了以後打算，刃更也希望盡可能排除令人擔憂的因素。看來澪跟萬理亞是希望對刃更做些什麼，就連無理地要求他提出沒有背叛的證據，恐怕也只是事前的準備工作吧。

……嗯。

若自己做些什麼就能讓她們感到安心，其實也不是什麼壞事。既然這樣——

「妳的意思我大概明白了——然後呢？我該怎麼做？」

聽到刃更這麼說，萬理亞臉上露出了笑容。然後，她慢慢對刃更招著手說：

「我就知道你會這麼說。那麼刃更哥，請你跟我過來一下吧。」

「……為什麼會變成這樣？」

站在被萬理亞帶去的地方，刃更無法理解地喃喃說道。

刃更目前所在的地方，是瀰漫著白色水蒸氣的空間——也就是浴室。只用一條毛巾圍在腰上的刃更，坐在塑膠小板凳上，以手肘抵在膝上的姿勢托著腮。這時候——

「那還用說嗎？」

浴缸那邊傳來開朗的聲音。雙手靠在浴缸邊緣，下巴支在手上往他這邊看的，正是策劃這個狀況的萬理亞。

「在這邊的世界若要加深信賴關係，就只有袒裎相見這個方法了。」

「那說的是同性之間，男女怎麼行？」

如果是異性的袒裎相見，就只有色情場景吧。

「那樣不是很好嗎？在狹窄的密室空間裡，若大家幾乎是裸體——感受同樣的羞恥，就算不願意也會團結在一塊。只要感受相同的傷痛，就會溫柔地對待對方。」

「那是什麼，感覺像在互相舔舐傷口！話說回來，勉強團結在一塊的話，根本就沒有意義吧！」

「不不不，刃更哥。女孩子說的『不要』，其實是『好』的反話。」

萬理亞又道「還是說」——

「刃更哥討厭跟女孩子一起洗澡？」

「不，當然不可能討厭……」

健康的高中男生怎麼可能會討厭。只不過，就算是男人也有需要做好心理準備的時候。

——後來，萬理亞帶刃更來到的是更衣間。

接下來，就突然把身上的衣服脫掉，再對不知所措的刃更說：

「——好了，大家一起洗澡吧。」

刃更完全不懂那是什麼意思，這也太沒關聯性了。於是刃更馬上想拒絕，卻被萬理亞說「不一起洗，就無法信任刃更哥」。而且，連原本以為會反對的澪也把更衣間的門鎖上，讓自己無處可逃，還說「……拜託，一起洗吧」。意識到再這樣下去，衣服可能會被兩人脫掉的刃更只得投降。不僅同意跟她們一起洗澡，也無奈地脫下自己的衣服。

雖然他認為只要背對著她們，而且重要部位有用毛巾遮住，應該就不會看到裸體，不過那難為情的程度還是非比尋常呢。而有如小鹿亂撞的心跳，應該不只是浴室的熱氣造成的。相對於若無其事的萬理亞，澪應該跟刃更有同樣的感受吧。

「…………」

所以在浴缸裡——在萬理亞旁邊的她，因為害羞而滿臉通紅。這是理所當然的反應。

儘管有浴巾包住，她的巨乳還是會浮出水面吧，加上綁起來的浴巾好像快鬆開，澪剛開始還會用手壓住浴巾，最終乾脆放棄把胸部靠在浴缸邊緣。那是最能強調胸部份量的姿勢。

……那太犯規了吧……

光是跟女孩一起洗澡，這狀況就幾乎讓十幾歲的男孩失去理性，但是那個胸部更是火上加油。更何況，刃更還已經知道澪她胸部的觸感呢。

——那柔軟無比，令男人忘我的觸感。

還有她咬著嘴唇的害羞模樣，微微染上粉紅色的肌膚。現在的澪，實在太性感了。刃更不禁想起締結主從契約時的情形。這時候——

「好了——那麼澪大人，去幫刃更哥搓背吧。」

在浴缸裡的萬理亞說了語出驚人的話。

「——咦？不用啦，我自己洗得到。」

「這怎麼可以，那樣一起洗澡就沒有意義了。」

萬理亞斬釘截鐵地對想拒絕的刃更如此說道。

「刃更哥當然能自己洗後背。只不過，我們希望刃更哥大膽地將毫無防備的後背對著我們——那就跟在戰場上將自己的後方交給夥伴負責一樣，正是所謂的信賴呢。」

然後又說：

「而澪大人或我仔細地替刃更哥搓背——這不只是搓背，是回應你基於信賴把後背交給我們。人只會對值得信賴的人露出毫無防備的狀態。洗澡時的袒裎相見，不就是因為常常露

出毫無防備的狀態給對方看，才能建立彼此的信賴關係？」

「唔……」

聽到這些理所當然的話而啞口無言的刃更，終於「唉～」地嘆口氣。

「……知道了。這樣能讓妳們信任我的話，那就麻煩了。」

反正已經是坐在板凳上的狀態，於是在同意之後背過身去——

「唔，好……知道了。」

澪緩緩從浴缸裡出來，並繞到刃更的背後。

移動到刃更身後的澪跪坐在浴室地上。

然後讓沐浴乳滲進海綿裡。

「那、那麼我要開始了喔……」

她神情緊張地開始幫刃更搓背。當然，這還是她第一次幫男孩子搓背。雖然兩人騎腳踏車的時候，她曾偷偷想過——

……這就是男孩子的背啊。

他的背比身為女孩子的澪還要寬闊，更重要的是肌肉也非常發達。過去曾是勇者一族，現在在實戰中還是能發揮高度戰鬥能力的刃更，身上遍布著傷痕。恐怕是在修行或戰鬥的過程中受的傷吧。因為每道傷痕都是舊傷。

刃更那樣子的身體，就算澪這種外行人都看得出曾經過訓練。照這樣看來，也難怪他能用巨大的魔劍，一招就把敵人劈開呢。

成瀨澪重新了解到，自己的確是被這個人救了一命呢。

「……怎麼了嗎？」

「咦？沒、沒有，沒什麼。」

被感到奇怪的刃更一問，澪連忙再動起原本停下來的手。

——這時候，似乎有什麼映入澪視野的邊緣。那是在浴缸裡往她這邊看的萬理亞的表情，那張臉明顯對澪感到不滿。

……知、知道了啦……

澪想起在刃更回家前萬理亞所說過的話。

那是不讓刃更被柚希搶走的方法——是萬理亞想出來的祕策。

——刃更在那家咖啡廳，態度堅決地說出要保護澪。那應該是刃更的真心話。

而現在，他又像這樣毫無防備地把背部對著澪。那無疑是基於刃更對澪的信賴。既然這樣，自己也該做出回應才對。

「……唔！」

澪咕嘟地嚥了口水，然後解開包裹在身上的浴巾。要是刃更到時候轉過身來怎麼辦——心裡這麼想的澪，把完全赤裸的身體往刃更的背靠過去。最初碰到的，當然是澪全身最隆起的部位。

也就是胸部。

「？喂、喂!?」

「——不、不要動!!」

刃更發出驚叫並準備把身子移開，但是澪用比他更大的聲音制止。

「拜託，請你就這樣子不要動……要是亂動的話，我會殺你一百次。」

澪用非常輕的聲音對全身僵住的刃更說道。

因為我自己可是害羞得要命。不過，這麼做如果能避免刃更被柚希搶走，那麼這點程度的羞恥感還是可以設法忍受的。

——根據萬理亞的說法，澪的胸部對刃更來說是最有效的武器。

其實也沒錯。澪的胸部跟同年齡的女孩子比起來，是相當——不，是非常大。

無論在學校或街上，不只是臉，她的胸部也經常感受到男人的視線。

雖然自己不曾對那件事感到開心，但唯獨這次不一樣。

這個胸部，確實是柚希沒有的武器。

……刃更……

澪看到刃更僵硬的上半身，像是在熱水裡泡太久而紅通通的。

刃更對自己產生了意識——一想到這裡，不知為何覺得非常高興。澪拿起沐浴乳的瓶子，多倒一些沐浴乳在自己的胸部並搓出大量泡沫。

「…………」

她下定決心後，再一次把胸部貼上去，並在刃更的背上來回滑動地開始洗起來。

澪那豐滿的胸部，因為澪的動作以及刃更背部肌肉凹陷處的作用下，逐漸變為猥褻得驚人的形狀。澪不禁感到羞愧，此時身體也開始產生了變化——從體內慢慢湧上的，是令人難為情的甜美熱度。

……嗯，啊……

忽然間，澪發現到自己胸部的頂端硬了起來。因為有了感覺的關係。

那羞恥感讓澪的全身熱了起來，身體也逐漸變成粉紅色。

——但澪並沒有把自己的胸部從刃更背上移開，因為刃更好像也在害羞。雖然他一句話都沒說，身體卻明顯發燙。毫無疑問地，現在的刃更只意識著澪。那個事實，讓澪感到無比幸福。

……刃更……刃更……

這應該也是主從契約的效果吧。否則正常情況下的自己，是絕不會做這種事情的。為了刃更——為了自己的主人，能夠做到這種地步真是應該感到自豪呢。

「嗯……呼，啊……嗯。」

澪不知什麼時候已經用雙手環住刃更的身體，盡可能把胸部貼在刃更背上，並忘我地讓自己的胸部在眼前的背部滑動。澪只要一動，產生的泡沫就會發出猥褻的黏稠聲。當刃更的背部已經被澪的胸部全都磨蹭過的時候——

「……已、已經洗乾淨了，應該，我想……」

已經忍耐到極限的刃更語無倫次地說道。當澪抬起有些意識不清的臉——

「那、那個……我肚子有點餓了，而且還沒吃飯，我特地買的蛋糕也還沒吃……」

當刃更準備說「所以差不多該出去了」——

「——啊，那你不用擔心。我就知道會這樣，所以把刃更哥買的蛋糕拿來了。」

這到底從哪拿出來的啊。只見萬理亞拿出了裝蛋糕的白色紙盒。

她迅速拆開包裝，然後手裡拿著蛋糕從浴缸裡走了出來。

第③章
重逢與信賴的夾縫間

「好了，刃更哥張開嘴巴……啊——」

「等、等一下！哪有人邊洗澡邊吃蛋糕啊？」

大叫「這也太新潮了吧」的刃更想要制止萬理亞的時候，兩個人的手不小心撞到了。

「啊……」

從萬理亞手中掉落的蛋糕砸在刃更肩上，然後順著上臂滾到手肘，最後掉在地上。白色的鮮奶油跟海綿蛋糕，全沾在刃更身上。

「看、看吧，洗澡時吃蛋糕的難度果然太高了！」

於是刃更說「所以趕快沖乾淨出去外面吧」。

「——不，請等一下。這可是刃更哥特地買回來的蛋糕。」

萬理亞制止住刃更，並坐在刃更旁邊的地上。然後——

「妳、妳要做什麼？」

「這還用說嗎——我就不客氣了。」

萬理亞輕鬆地對不知所措的刃更這麼說，並開始舔拭沾在刃更手臂上的鮮奶油。

「唔喔喔喔喔喔喔喔喔喔？」

「請不要亂動。至少也要讓我把沒掉到地上的部分吃掉，否則太對不起這塊蛋糕了。」

萬理亞若無其事地說道，還舔了舔嘴唇說「我會把工作做好的」。接著——

「很好吃喲，澪大人——不嫌棄的話，那邊肩膀沾到的部分就交給您怎麼樣？」

「咦……？」

被她這麼一說，澪看著眼前的刃更的肩膀。蛋糕最先落到的那裡，沾了大量的鮮奶油。

澪一直盯著那裡看，彷彿要被吸過去似的。

「喂，澪……難不成連妳也……」

雖然刃更開口說了些話，但現在的澪根本沒聽進去。

——等到澪反應過來的時候，她的嘴唇已經靠近刃更的肩膀並用舌頭舔了起來。

帶有刃更體溫的鮮奶油，甜得讓人感到不可思議。在舌上徹底品嚐後，與累積在口中的黏稠唾液混合再一口嚥下。

當「咕嘟」地往下嚥，那黏稠的感覺慢慢滑落體內，而且在體內產生輕輕的搔癢感。那舒服的感覺使得澪的身體不禁抽動，最後「啊啊……」地呼出火熱的氣息。

——然後，再也停不下來。

澪開始忘我地舔拭刃更肩上的鮮奶油。真的太好吃了。更重要的是，當她一面舔拭刃更一面把身體貼在他的肌膚上，胸部、腹部和手臂，全讓她感受到比剛才還要強烈的感覺。

即使鮮奶油已經沒有了，澪仍然舔著刃更的身體，用自己的身體磨蹭刃更。

澪體內的開關已經完全打開，還不斷地對刃更喊「哥哥，哥哥」。

第3章
重逢與信賴的夾縫間

就在那個時候——刃更突然站了起來。

「……妳們啊。」

東城刃更低頭望著坐在浴室地上的澪和萬理亞低聲說道。

他不知道她們是在捉弄自己，還是基於信任在測試自己——但澪跟萬理亞都是可愛的女孩子，而刃更是個男人。本來住在一起就常常把她們當女孩子而不是家人看待，虧他一直以來拚命地壓抑這份感情。但她們卻完全無視自己的辛苦而做出這種事，真的是已經忍耐到極限了。

就在憤怒的同時，腦子的理性也失控了。

「知道了……既然妳們有這種想法，最後變成什麼樣我可不管了！」

刃更話一說完就朝澪跟萬理亞撲了過去。

「不要……刃更！哥哥……不要！」「刃、刃更哥，冷、冷靜啊你！」

兩人雖然顯得很慌張，但已經太遲了。刃更已經把澪跟萬理亞壓倒，再把剩餘的蛋糕全部捏碎並塗在兩人身上。他把鮮奶油、巧克力跟草莓慕斯，塗滿澪跟萬理亞柔軟的胸部、臀部與包括大腿在內的全身之後，再開始用舌頭品嚐她們甜美的肌膚。澪跟萬理亞哭喊地抵抗，但刃更完全不予理會。在充滿窒息香甜氣味的浴室中，刃更一面搓揉澪的胸部一面舔著萬理亞的身體，又一會兒抓著萬理亞的臀部並同時激烈地吮吸澪的全身。

兩人只有在剛開始的時候稍微抵抗，過沒多久就接受了刃更，發出的也只剩下嬌媚的聲音。這是理所當然的事，刃更是澪的主人，而萬理亞是澪的屬下。如果刃更認真起來，兩人是沒有反抗的權利。

然後——他讓完全露出陶醉表情的兩人並排在地上躺好。

「為了讓妳們再也不敢這樣挑逗我，我要讓妳們徹底屈服。」

於是刃更慢慢伸出手，準備把兩人完全變成自己的人。

這時候——他醒了過來。

並不是神智變清醒了，「而是從睡眠狀態剛剛清醒過來」。

地點也不是浴室，而是在刃更自己房間的床上。

「咦？原來……是作夢、啊……？」

不知不覺中呆住的刃更，大聲地嘆了口氣。

太好了。那如果成真，刃更豈不成了不是人的畜生。

「啊啊……太好了，原來全都是夢啊。」

就在他那麼說並鬆了一口氣的時候。

第3章
重逢與信賴的夾縫間

「不，刃更哥——到中途可都是現實喔？」

那個聲音讓刃更嚇了一跳。然後刃更終於發現，自己正抱著萬理亞睡在床上。但是，先不管那個溫暖又柔軟的抱枕觸感——

「咦……？剛才那些，到中途都是現實嗎？」

他戰戰兢兢地問道，萬理亞呵呵地笑了起來。

「你忘了嗎？我們真的嚇了一大跳喲——我們心想刃更哥突然站起來要做什麼，結果你卻突然狂噴鼻血昏倒了。要是警方的鑑識課人員來我們家的浴室，鐵定會發現到極高的魯米諾反應（註：魯米諾是用來檢驗犯罪現場含有的痕量血跡）喔。」

「……這、這樣啊。」

到中途都是現實的話，那也是讓人有些頭痛呢，不過刃更似乎沒有對澪或萬理亞做出什麼低級的事情。看來是避掉了一場最糟的狀態呢。

「那個——刃更哥。」

萬理亞鄭重其事地說道。

「可以請你差不多把手從我的屁股上移開了嗎？」

「咦？……——哇啊啊啊？」

刃更的雙手環著萬理亞的背部並抓著她那可愛的臀部。而且，在他急急忙忙想把手拿開的時候，發現到自己的手竟然是伸進她的內褲直接觸碰臀部。刃更連忙把手從內褲裡抽出來，並迅速在床上往後退開與萬理亞保持距離。

「抱、抱歉……」

「沒關係啦，反正是我自己鑽進刃更哥的被窩裡。」

這麼說的萬理亞，對著急的刃更露出惡作劇的笑容。

「可是，想不到你睡著的時候會無意識地把手伸進女孩子的內褲裡……刃更哥的個性居然這麼積極，真讓我大吃一驚呢。不過，畢竟你都會作那種夢了。」

「咦……妳說剛才嗎？那個夢不是妳讓我作的嗎？」

Succubus是讓男人作春夢，讓對方變成自己快樂的俘虜的女夢魔。

而萬理亞似乎知道自己夢境的內容，還說她是自己鑽進被窩裡。所以刃更認定那是萬理亞用魔法讓自己作的夢。

「怎麼可能，那是刃更哥自己作的夢。我只是稍微偷看一下而已喲——更何況，要是我用夢魔法讓刃更哥怎麼樣的話，就不是刃更哥讓澪大人跟我屈服，而是我跟澪大人讓刃更哥變得服服貼貼的，那無論我們說什麼你不就都乖乖服從？」

「嗯……的確是。」

「哎呀呀，其實我也嚇了一跳。雖說夢會表現出一個人的願望或深層心理，沒想到刃更

第3章
重逢與信賴的夾縫間

哥會作那樣的夢……搞不好，你擁有抖S的鬼畜素質呢。」

「怎麼可能有那種素質……」

刃更根本就不願想像，一副被打敗的他忽然問：

「……對了，澪怎麼樣了？」

「雖然她也很擔心暈倒的刃更哥，不過已經去休息了。」

對自己的問題，萬理亞倒是回答得很乾脆。看看牆上的時鐘，已經是凌晨二點多了。看來在浴室暈倒後，已經過了相當久的時間呢。

「這樣啊……那正好。」

雖然對剛才發生的事情，還很在意有哪些是現實哪些是夢境，但刃更就是決定先把它擱置一邊。因為有些話他打算跟萬理亞說，但不希望讓澪聽到。

「萬理亞……我有點事想跟妳談談。」

「什麼事呢？」

萬理亞訝異地問道，刃更慢慢開口說了起來。

雖然他回家後立刻向兩人說明與柚希之間的事情與經過，但還是有些事情隱瞞沒說。那些是他不想讓澪聽到的事情。當刃更邊告訴萬理亞時，已經不由得握緊拳頭。

他想起跟柚希分開時她說過的話。

……我絕不會讓那種事情發生的。

敵人只要有覬覦沉睡在澪體內的魔王力量的魔族就足夠了。

我不會讓柚希——讓勇者一族也來襲擊澪，我不會讓這種事情發生的。

8

聖坂學園的校內，響起第四堂課的下課鈴。

澪在自己靠窗的座位上無奈地嘆了口氣。

……午休時間到了。

澪在心裡這樣對自己說「再一下下就好」。過了星期五的今天，明天的星期六就是學校休假的日子。那樣想的話，心情會變得輕鬆些。

——主從契約的詛咒，會因為對主人產生內疚的情緒而發動。但是這個發動的條件，對澪來說相當不利。儘管已經知道刃更是真心想要保護澪，但她還是無法坦率地面對刃更。

而且前幾天在浴室裡，自己還當著刃更的面做出連自己都無法相信的淫亂行為。

除了那件事所產生的羞恥感，自己有時候還會反射性地鬧彆扭。

第3章
重逢與信賴的夾縫間

……就算這樣。

如果在家裡的時候就還好。因為三個人都知道這件事，都會在行動的時候優先考慮盡量避免讓詛咒發動。

——但是在學校的話，周遭的人們並不知整個來龍去脈，就沒那麼好運了。

若不小心表現得不自然或太笨拙的話，周遭就會覺得很奇怪。最理想的做法，就是在學校的時候不要打交道，但過於不自然的迴避或表現出冷淡的態度，又總會感到一些內疚。

就在她這麼想的一瞬間——詛咒已經發動了。而浮現在脖子上的痕跡，因為是魔法所產生的，普通人類的肉眼是看不見的。儘管如此，這幾天已經不知道跑了多少次的洗手間或保健室。勉強稱得上幸運的是，如果只是不夠坦率這種程度的情緒，並不會發動太強的詛咒。只要安安靜靜等待波動過去的話，幾分鐘後就會恢復正常。

「——喂～小刃，一起去吃飯吧。」

忽然間，她看到班上的同學瀧川向刃更走去。

「好啊，你等我一下。」

刃更如此回答，然後把教科書跟筆記本塞進課桌裡便站了起來。

「今天去哪兒？」「去學生餐廳吧。因為是周末的關係，A定食的菜色可是比平常還要豐盛喔。」

刃更和瀧川一面自然地交談，一面走出教室。

轉學的第一天，不只班上，學校一大半的男生都成了刃更的敵人。由於澪也有一部分的責任，因此有點替他擔心，但看起來他似乎順利交到朋友了呢。

不過——那個稱呼總覺得不太對勁。

問題是……

澪將目光移向害刃更被孤立的另一個原因。是跟澪一樣坐在靠窗這一排最前面的座位。坐在那兒的少女，正凝視走出教室的刃更的背影。

全身纏著冰冷空氣的美麗少女，她是刃更的青梅竹馬也是勇者一族——野中柚希。

眼神悲傷地望著刃更背影的柚希，忽然間發現到澪的視線。

「——」

她露出看不出感情的冰冷表情，然後就直接離開教室。

……跟前幾天的狀況完全相反呢。

刃更轉來這學校那天，因為重逢的關係，柚希同時抱住了刃更。那可是讓周遭大吃一驚的大膽行動，只不過做出那種行動的柚希卻顯得若無其事。因此——澪認為她第二天一定會用各種方式糾纏刃更，卻沒料到第二天她並沒有糾纏刃更。雖然兩人的座位相鄰，卻幾乎沒什麼交談。

第3章
重逢與信賴的夾縫間

——那一天，聽說刃更跟柚希在咖啡廳並沒有談攏。

恐怕是那個原因吧。突然產生的變化，讓不知內情的周遭變得混亂。

……應該是，我害的吧。

想要保護澪的刃更，與不希望刃更再跟澪牽扯的柚希。感情曾經很好的青梅竹馬，因為兩人的意見呈對立狀態，結果造成刃更和柚希現在這個狀況。

可是，因為坐在後面的關係，所以她看得到。就算雙方沒有交談，但是一看也知道柚希心裡在想著刃更，還會不時凝視他。

而刃更——也是一樣，他內心某個角落還是很在意柚希。

只要看著那樣的兩人，胸口那兒就不知為何覺得很難受。

不知道為什麼……

好痛苦。這時候澪忽然把視線落在課桌上——

「成瀨同學～一起去吃午餐吧——」「再不快一點，就會沒座位喲——」

開朗的聲音在呼喚自己。因此——

「……嗯，馬上來。」

澪停止繼續思考，並慢慢從座位上站起來。

結果這一天，詛咒在一次都沒發動的情況下到了放學時間。

當澪鬆了一口氣，刃更也馬上拿著書包往這邊走過來。

「好了，我們回家吧。」「嗯，好……」

澪點了點頭，正當她從座位上站起來的時候——

「——野中，還有東城，可以請你們過來一下嗎？」

班導坂崎把兩人叫住了。刃更回過頭問「有什麼事嗎？老師」。

「抱歉，我想請你們兩個幫我整理一下暑假作業。」

坂崎爽朗地笑著回答。

「為、為什麼也要找刃更？這種事不是班長野中……同學的工作嗎？」

澪提出異議。

「的確是那樣沒錯，但東城因為轉學的關係而免除交暑假作業。要是他願意留下來幫忙，至少對其他學生來說會公平一些吧。」

坂崎如此答道。刃更則一面抓頭一面說：

「啊……那樣的話，或許真的比較好呢。」

「真是不好意思。要是你們兩個幫忙的話，天黑前就能弄完了。」

第 3 章
重逢與信賴的夾縫間

那麼待會兒就來教職員辦公室吧——坂崎那麼說以後就步出了教室。

「真遺憾啊，小刃～要是覺得只有自己一人能輕鬆，那可就大錯特錯呢。」

「我是覺得還好啦，我又不是因為不想寫暑假作業而轉學。」

對於瀧川的玩笑話，刃更只是無奈地搖搖頭，然後往澪這邊看。

「……怎麼辦？要等我弄完嗎？」

萬理亞這幾天沒有在放學後接他們兩人回家，而是在市區裡偵察是否有敵人潛藏。因此，放學後都是澪跟刃更兩人一起回家。雖然還是白天，放學時間的路上也很多人，但是為了小心起見，還是盡量避免獨自回家吧。當然也可以打手機通知萬理亞過來，但眼前又沒有什麼得急著回去做的事情。

因此，正當澪準備說——「那我等你吧」的時候。

「……我一個人也沒問題。」

用毫無抑揚頓挫的聲音那麼說的，是柚希。

「這本來就是我的工作，刃更沒有必要幫忙。」

澪也有同感，這種雜務本來就是班長柚希的工作。但是——

「老師不是說了嗎，兩個人做的話，在天黑前就能弄好。相反的，若沒有兩個人一起做，就會弄到很晚。反正我都答應老師了，我會幫忙的。」

所以——

「——怎麼辦，澪？妳要等我弄完嗎？還是……」

把萬理亞叫來，妳們兩個先回去。

刃更說的話並沒有什麼不對勁。只不過——那個二擇一的選擇，卻讓澪內心某處產生了陰沉的情緒。午休時間看到刃更跟柚希時，內心那種煩躁的感覺又出現了。

因為，「無論選哪一個，都不會改變刃更幫助柚希這個事實」。

如果等他們弄完，感覺是他幫完柚希以後才考慮自己。要是先跟萬理亞回家，又感覺跟自己比起來，刃更似乎比較重視幫助柚希這件事。

「——澪？」

澪望著覺得自己有些奇怪而往這邊看的刃更。

原本就只有兩個選擇，但如果自己說要一個人回去，刃更會選擇自己而不是柚希——

……不對！我怎麼會有這種想法……！

不可以，現在的自己開始產生不好的想法。

這樣簡直像是——不相信刃更嘛。就在澪那麼想的那一瞬間——

「啊——……」

主從契約的詛咒發動了。「因嫉妒而產生的自我厭惡」。那是，最內疚的感情之一。澪

第3章
重逢與信賴的夾縫間

感覺到體內深處冒出炙熱的感覺——使得她幾乎快站不住了。

然後她直接倒了下去。

「不會吧——喂！」

刃更發現這邊的狀況，連忙扶住澪的身體。但光是這樣——

「——！」

澪的身體就開始劇烈顫抖，呼吸也變急促。

「喂，喂，妳沒事吧，成瀨……？又是貧血嗎？」

「是啊——抱歉，我先送這傢伙到保健室。」

刃更回答瀧川後便把澪抱起來，用只有她才聽得到的聲音說：

「……再稍稍忍耐一會兒喔。」

輕聲說完以後就一下子衝出教室。

刃更把澪帶到保健室，但不知為何保健室老師並不在。

保健股長也不在，床位也都是空著的，一個人也沒有。

這對刃更來說是最好不過了，於是他讓澪躺在三張床中的其中一張。

「……沒事吧？」

在白色簾子隔開的床上，澪難受地只能用點頭回應。

……傷腦筋。

雖然不知道是什麼原因引發詛咒，這樣的話只好忍個幾分鐘等效果消失。但是——

「啊……嗯！呼……嗚……嗯嗯……！」

澪忍受不斷湧出的感覺，她咬著唇不讓自己發出那嬌豔的聲音。她臉色通紅，眼睛也濕濕潤潤的。巨大胸部隔著制服也很明顯地不停地起伏。

……這是……

糟糕，再這樣看下去，自己都會產生極不妥的想法。

「……那個，我先出去一下好了。要是待在這裡，妳也會不好意思吧。」

刃更那麼說並轉過身。

「……唔……拜託，別……留下我一個……人……」

「不是啦，可是……！……啊——知道了，我待在妳身邊。我會在旁邊陪妳，妳不要用那種眼神看我啦。」

這樣不是感覺很奇怪嗎？看來，這次發動的詛咒比平常還要強烈。但是——

「抱歉……我會留下來，但至少讓我背對著妳。」

要是繼續看這個模樣的澪，一個不小心理性可能就沒了。

澪什麼也沒有說，只是用手抓住刃更的制服——緊緊抓住他左手的袖口。

刃更把那個動作當做是同意的訊號，然後背對著澪坐在床邊的椅子上。

在只有兩個人的保健室裡，只聽到澪嬌豔的喘息聲。

過沒多久，澪的呼吸平穩下來了。似乎是詛咒的效果消失了。

「……怎麼樣？沒事了嗎？」

當他轉過身來，澪便鬆開原本緊抓著的袖口，她把手背貼在自己的額頭上說：

「嗯……！稍微，平穩下來了……應該吧。」

她那麼說並慢慢坐起身來。

「話說回來，這次到底是什麼原因啊……？」

刃更回想剛剛在教室裡的對話，但想不出有什麼讓澪對自己感到內疚的部分。主從契約的詛咒，只要沒產生對刃更不好的想法，應該就不會發動才對。但是，如果詛咒還有其他的發動條件……

……得想想什麼對策才行。

像這次只要刃更陪在身邊就可以應付，但詛咒要是澪一個人的時候，或者在戰鬥中發動的話，就算刃更或萬理亞在身邊也幫不了她。

但是對於刃更的疑問——

「……沒、沒什麼，不知為何突然對你很不滿……如此而已。」

那麼說的澪，把鬧著彆扭的視線別到一邊。

「什麼跟什麼啊……」

刃更不禁感到很無力。那種情況的話，就完全無解了。

那理由也太不合理了吧，這樣詛咒肯定會強力發動吧。刃更嘆了一口氣說：

「既然已經平穩下來，應該是沒事了吧……？那麼，我先回去嘍。」

因為發生這個緊急狀況，坂崎拜託他的事情都還沒做呢。

「咦——……？」

聽到他這麼說的澪，露出訝異的表情。然後說：

「……你要走了嗎？」

澪充滿不安的眼睛，往上看著刃更。

面對這意想不到的動作，刃更邊說「那個——」邊搔著臉頰說：

「不是啦……妳也知道，老師拜託的事情……總不能讓柚希一個人做吧。」

而且——

「反正詛咒已經平穩下來了不是嗎？所以——」

第③章
重逢與信賴的夾縫間

「……還沒有呢。」

澪輕聲說道。

「——咦？是嗎？」

還沒有……可是幾分鐘前，妳不是說有些平穩下來了嗎？

啊，不過脖子上的痕跡確實還在呢。明明已經過相當久的時間了。

「……那個刃更，我……還覺得有些難受喲。」

澪像是在觀察刃更的反應，再次用力扯他制服的袖子。

「不是啦……就算妳，那麼說……」

刃更的臉不知不覺紅了起來，講話也結結巴巴的，因為他知道澪在說些什麼。

——其實，讓詛咒的效果立即消失的方法只有一個。

主從契約的詛咒，是因為屬下在精神上背叛主人才發動的。

既然這樣，強制讓對方產生服從的心理——只要讓對方屈服，詛咒就會消失。

就像澪剛開始拒絕契約的時候所用的方法，只要再用那個方法幫她就可以了。

「可是，妳也不願意再像那個樣子吧？而且，還是在學校的保健室裡……」

「……嗯。可、可是……刃更……要是『哥哥』想做的話，我……沒問題喲？」

「咦——？」

刃更不禁反問。現在覺得難受的是澪，跟自己沒有關係吧？

正當他準備那麼說的時候，澪卻又用水汪汪的眼睛喊刃更「哥哥」。

那是，「澪渴望刃更做某件事的訊號」，因此刃更沒有再多說些什麼。

原以為澪會把視線別開，但她現在臉已經紅通通的，開始害羞起來了。

這表示澪知道自己在說些什麼。

不過——儘管如此，澪也沒有把視線從刃更身上移開。她那雙眼睛彷彿要把人吸進去，等刃更回過神的時候，手已經慢慢伸出去，輕輕撫摸澪的臉頰。

「……嗯。」

澪輕顫一下並閉上眼睛，但是，她直接把臉頰靠在刃更的手掌並輕輕磨蹭。透過手掌可以感受到澪的體溫，然後澪慢慢睜開眼睛。

雖然她沒有說話，但眼神已經清楚表明她的想法，所以刃更也做好心理準備。

「……知道了。」

刃更如此說道，再「咻」地解開澪制服上的蝴蝶結。

「啊……」

澪發出害羞中略帶歡愉的聲音。

「——我馬上就會讓妳舒服的。」

第 3 章
重逢與信賴的夾縫間

刃更如此說道，手也朝澪的身體伸去。

就在指尖碰到的同時——保健室的門突然「嘎啦」地打開。

「「——？」」

刃更與澪連忙往後退地拉開距離。

「……嗯？你們在做什麼？」

一個穿著白袍的女子，站在門口往他們這邊看。然後，她一看到澪就說：

「原來是成瀨啊……妳又貧血了？」

「是、是的，長谷川老師……」

澪連忙遮住胸口並點了點頭，女子往這邊走過來。看來她似乎是保健室老師。雖然知道保健室的位置，但沒來過這裡的刃更跟她是第一次見面。

……超美耶。

無論是臉蛋、身材或散發的氣質，都稱得上是充滿魄力的美女。胸部比澪還要大，雖然是用男人的口氣說話，但是跟她性感的聲音很搭，反而凸顯出她的女人味與嬌媚。她那任白袍翻飛的走路氣勢，老實說看起來架勢十足。

「……你是陪她一起來嗎？你應該不是保健股長吧？」

叫做長谷川的保健室老師，對刃更投以毫不客氣的眼神。

「不，我是……」「老師，他是……」

刃更和澪同時說道。

「我知道。你是東城對吧？不久前才剛轉來。」

「老師知道我的事？」

刃更嚇了一跳，長谷川點著頭說「知道」，並且用下巴指向澪說：

「這傢伙跟你們班上的野中，在男學生之間的人氣相當高……所以聽到不少有關你的傳聞。轉學第一天就與全校的男生為敵，感覺怎麼樣啊？帥哥。」

「果然，是那樣的傳聞啊……」

照這樣看來，想跟瀧川以外的人交朋友似乎很難呢。結果長谷川笑著說：

「勸你要小心一點喔。無論本人是否願意，一旦比別人顯眼，當然就會讓人盯上。而且，那些不一定都是好意。人會討厭跟自己不一樣的人，以及擁有自己所沒有的東西的人。而且這又有別於生理上對同族之間的厭惡，因為嫉妒或恐懼這種出自本能的感情可是有高低起伏的。單純歸單純，但相對的可是很麻煩的。」

「……的確是呢。」

聽了長谷川的話，刃更語氣沉重地點頭答道。刃更因為自己過去的經驗，對她說的話而有很深的體會。而且長谷川的話，也適用於現在的澪。

第3章 重逢與信賴的夾縫間

因為她從前任魔王的父親那兒繼承了力量，被現在的魔王盯上了。

「……自己明明沒有意思與人為敵，卻樹立了敵人，到底該怎麼辦才好呢？」

刃更自嘲般地苦笑道，長谷川則輕鬆地回答「很簡單啊」。

「既然已經樹立敵人，那只要多增加一些夥伴就好了。如此一來，不僅有機會戰勝敵人，對方自然而然也會迴避戰鬥了。」

「不是啦……可是，學校裡的男生幾乎都是敵人。」

「夥伴和敵人的問題都不在於『數量』上，重要的是『質量』。」

「嗯，話是沒錯啦……」

現階段，願意跟刃更說話的就只有瀧川。就算質量再好，也沒辦法蓋過這壓倒性的數量差距吧。

……不過，先不管這個了。

現在的問題，是目前澪所處的狀況。柚希也提過忠告，現在只靠我們的力量要跟現任魔王派交手很困難。根據迅的說法，似乎有可能避免澪被追殺，不過那也未必一定順利。

重質不重量，這的確是實話，但有時候只不過是句安慰人的話。

現在的敵人，為了避免勇者一族介入而不敢有太大的動作，所以還有辦法對抗。但是，如果對方不顧一切地派出大批敵人並採取強硬的手段，屆時還真的沒辦法對抗呢。儘管自己

——已經決定要保護她了。

「——不要誤會『質量』的意思喲。」

突然傳來彷彿看穿自己內心迷惘的聲音，刃更抬起頭來。

「你還不明白嗎？不要把『數量』和『質量』分別擺在天平上。」

話一說完，長谷川笑了起來。就在這個時候，校內廣播突然響起。

「長谷川老師，請馬上到教職員辦公室。重複一遍——」

「……啊，對喔。」

長谷川邊說「傷腦筋」，邊走向擺在床的對面牆邊的私人書桌。

然後從抽屜裡拿出文件並說：

「抱歉，我得離開這裡去開個會。成瀨，雖然我沒辦法照顧妳，但如果妳還想再休息一會兒，要繼續在這裡躺也無所謂——來，東城。」

話一說完，她就往這邊拋出什麼銀色的物體，然後對連忙接住的刃更說：

「那是保健室的鑰匙。教職員辦公室那邊我會去說一聲，你們離開的時候把門鎖上再把鑰匙還我就可以了。」

說完，長谷川就像來的時候一樣，瀟脫地走出保健室。

走到門口時，她突然停下腳步說「啊，還有……」

第3章
重逢與信賴的夾縫間

「可能你剛轉進來還不知道，所以我來告訴你吧——東城，我討厭笨蛋。學業成績不佳那還無所謂，但我不喜歡照顧笨蛋。『對你們這些正年輕氣盛的小孩，我是不會說些什麼』，不過那些床是病人用的。要亂搞的話好歹也要到不會被我們老師發現的地方。像是校舍後面或體育倉庫，能夠做那種事的場所可多得是呢。」

「『什麼——』」

原以為已經矇混過去了，想不到全被看出來了。刃更跟澪的臉不禁紅了起來。

「老師並不是神，但這世上還是有分能做跟不能做的事。所以，只要你們學生能遵守最低限度的校規，我們也會保護你們。我能了解青春時代有各式各樣的歡樂……但不要做出讓我們無法保護你們的事情喔。」

那麼說的長谷川這次走出了保健室。

「…………」「…………」

刃更和澪愣了好一段時間，忽然間刃更的手機響了起來。

手機螢幕顯示來電者是瀧川，於是他按下通話鍵。

『喲～小刃，你還在保健室嗎？』

開朗的聲音從耳邊的聽筒傳出，刃更點著頭回答「是啊」。

『這樣啊？我聽廣播在找長谷川，要不要緊哪？』

「沒事啦，老師把這裡的鑰匙交給我們了。」

『是嗎，那就好……啊，坂崎的事情你不用擔心，我跟野中會去做的。』

「等一下，那是我——」

就在刃更話還沒講完的時候，眼神忽然跟澪交會。然後——

「——」

刃更看到澪的眼睛往下看，那是似乎放棄什麼事的表情。

所以刃更背對著澪說：

「……沒事。抱歉，真的可以麻煩你嗎？」

「——咦？」

雖然背後傳來澪驚訝的聲音，刃更仍對電話另一頭的瀧川說：

「不好意思……下次我請你吃東西，隨便你想吃什麼都行。」

他輕聲承諾著回答對方——

「謝了。替我向柚希跟老師說聲抱歉……好，拜託你了。」

那麼說完以後，刃更就切斷通話。

「……不去真的沒關係嗎？」

澪還有些無法相信地問道，刃更回答她「沒辦法啊」。

第3章
重逢與信賴的夾縫間

「妳不是說還很不舒服。不過，剛剛那個後續是不可能了，但又不能把現在這個狀況的妳丟下不管。所以，在妳恢復之前我會在這裡陪妳。」

「……真的？」

澪不安地問道。

「真的。老師也把鑰匙留下來了，妳就好好休息吧。」

澪本來就因為擔心敵人何時出現而繃緊神經，最近又為了不讓詛咒發動而精神緊張。想必也累積了不少疲勞吧，所以症狀才會格外強烈。

「好了，躺下來吧……我會打電話跟萬理亞說我們會晚一點回去。」

「嗯，好……」

澪聽話地躺下，刃更幫她蓋被子的時候說：

「我會陪在妳身邊的，所以不要毫無理由地亂生氣喔。」

「知、知道了啦！」

聽到刃更這麼說，澪突然紅著臉把頭矇進被子裡。

9

保健室裡的氣氛很獨特。既柔和又舒服，瀰漫著校內最讓人平靜的氛圍。

坐在躺在床上的澪旁邊，刃更不知不覺中也打起盹來。

「……嗯。」

當刃更忽然驚醒的時候，才發現太陽已經下山，外頭是漆黑的晚上了。他看看現在的時間——

「八點了啊……結果睡很久呢。」

刃更搔了搔臉頰。不過仔細一看，躺在床上的澪仍睡得很安穩。

……再讓她多睡一會兒好了。

長谷川說過會跟教職員辦公室知會一聲。後來也沒有老師過來看，這表示繼續待在校內應該沒問題吧。

於是刃更在不吵醒澪的情況下，悄悄走出保健室。然後拿出手機撥打給萬理亞，告訴她會比較晚回去。結果——

『——知道了。這樣的話，我等一會兒再去接你們吧——』

於是，她一小時後會過來接他們。

第3章 重逢與信賴的夾縫間

「那麼……」

刃更轉動剛剛睡到有點痠痛的脖子，再慢慢走在走廊上。

夏夜的校舍裡——空氣非常悶熱，刃更往福利社走去。人就算是睡著了，也會消耗體內的水分。尤其是這個季節，很容易發生中暑或脫水的症狀。刃更正好覺得口渴，也決定買些飲料讓澪醒來的時候喝。

不過抵達時福利社早就已經打烊休息，當然沒有半個人，但是有燈光。擺在福利社角落的自動販賣機，發出微弱的燈光照著昏暗的福利社。

「應該沒問題吧……」

那大概是為留校到很晚的教職員而設置的自動販賣機吧，刃更從還在運轉的自動販賣機買了兩瓶運動飲料。正當他拿起來準備直接往嘴巴裡灌的時候——

「——哦？搞什麼，這不是小刃嗎？」

忽然間，有人在背後喊自己的綽號。會這樣叫刃更的，也只有一個人。

「瀧川……你，還在學校啊？」

當刃更轉過身，說著「你還不是一樣」的瀧川也走進福利社。

「我一直在做坂崎拜託的事情啊——剛剛才好不容易解脫呢。」

「難不成，一直做到現在嗎？」

如果真是那樣，不就做了四個多鐘頭？

坂崎不是說，兩個人做的話就能在天黑以前做完。

「不，工作在相當早的時候就完成了。因為野中可是不發一語地埋頭幹活呢。那沉默的氣氛實在有夠尷尬，害代替你幫忙的我都有點小後悔呢。」

瀧川如此說道。

「只是整理完暑假作業以後，坂崎說要幫我們叫外賣。結果就不客氣地點了一堆，想不到份量比預期的還要多喔——雷雷軒真是恐怖。所以就稍微休息一下，讓肚子裡的東西消化消化。」

這樣啊，原來是這麼回事。刃更苦笑地說：

「抱歉耶，瀧川。多虧有你，真是幫了我好大的忙。」

「別客氣……話說回來，成瀨後來沒事了嗎？」

「這個嘛，算好點了……不過她到現在還在保健室裡睡，已經完全平靜下來了喔。」

「那就好。剛剛她突然昏倒，真的相當嚇人呢。」

瀧川說「可是」——

「她的臉好紅，好像在害羞些什麼。」

刃更用「啊——」含糊地回應。

第3章
重逢與信賴的夾縫間

她臉紅應該是催淫效果的關係吧，說她害羞應該也沒有錯。

不過，相關的事情實在沒辦法說給瀧川聽。

「總之，謝了。我會照約定請你吃東西——雷雷軒怎麼樣？」

「唔噗……那一家就免了。」

這時候皺著眉頭的瀧川忽然說：

「——對了小刃，你有遇到野中嗎？」

「柚希……？沒有，沒遇到啊。」

瀧川現在之所以還留在學校，是因為吃太多外賣的關係。那種事情是不可能發生在柚希身上的。因此，刃更認為她應該早就回家了。

「咦？奇怪了……可是她好像說要去看你們的狀況耶。」

「是嗎？」

至少刃更在保健室的時候，柚希並沒有來……應該吧。

或者是不好意思吵醒睡著的我們，所以沒打招呼就回去了，這樣的可能性也不是沒有——不，刃更就算有空窗期，還不至於遲鈍到有人進了房間還睡死。這樣的話，可能是來這裡的路上錯過了吧。

但是，澪跟柚希——要是讓她們兩人獨處的話，鐵定不會有什麼好事。

「抱歉，瀧川。我差不多該回去了——」

當刃更那麼說並正準備往前走的時候——周遭的環境忽然間陷入一片黑暗，而伸手不見五指。

因為自動販賣機的燈光，突然間熄滅了。

「——唔喔？怎麼回事，停電了嗎？」

瀧川不知所措地大叫，一旁的刃更露出嚴肅的表情。不會吧——但這個想法卻變成了現實。藉著緊急照明燈的微弱光線，刃更看到五個浮現在黑暗中的影子。而其中，還有明顯跟人類不同的野獸般輪廓。

是魔族。

「————！」

沒想到敵人居然攻擊學校這種容易引起騷動的地方。而且——

「『這、這些傢伙是何方神聖』……」

刃更聽到了瀧川茫然的聲音。沒錯——敵人在普通人的瀧川面前現出身影。但是，那個事實卻讓刃更更加焦急。敵人採取這麼強硬的手段，就表示他們認為現在的情況下這樣做是值得的。

因為——澪現在獨自在保健室裡休息。

……怎麼辦？

敵人的目標毫無疑問是澪。眼前的敵人，是為了達到目的來絆住刃更。讓瀧川看到自己的模樣，是因為只要不留痕跡地殺了就沒問題。普通的魔族跟穩健派不一樣，對他們來說人類不過像垃圾一般。

——當然，普通人的肉眼是看不見刃更的魔劍布倫希爾德。

就算現在將魔劍具現化，瀧川也不會知道。但是，如果用來把眼前的敵人幹掉，「黑影」消失的瞬間也會被瀧川看到。那樣的話，瀧川就會捲入他們的事情。而且他一定會問刃更——這到底是什麼。

雖然事後可以拜託萬理亞用魔法操縱他的記憶。但是，她還要等一會兒才會來這裡。現在又不得不盡快趕到澪的身邊，但是把處在混亂狀態的瀧川獨自留下也太危險。雖然覺得敵人基於不想把事情鬧大的心理，應該不會主動對瀧川怎樣，但是在瞬息萬變的戰場上，很難斷言不會發生什麼意外的狀況。

……這樣的話，該怎麼辦才好？

刃更馬上有答案了，於是——

「——抱歉了，瀧川。」「咦……？」

瀧川發出訝異的聲音——而刃更則是出其不意地往他身體賞了個拐子。

是打擊技。雖然很粗暴，但這恐怕是危險性最低又迅速的方法。

瀧川簡短「唔」了一聲，然後就失去意識。接著刃更讓瀧川躺在地上——

「————」

就在這個同時，五隻敵人也對刃更展開攻勢。

——但是刃更老神在在，他立刻讓布倫希爾德具現化。

緊接著直線一閃，將位於最前方的人型「黑影」劈成兩半。然後——

「抱歉，我沒打算讓你們有機會拖延時間——請讓我通過吧。」

就在他那麼說的同時，也一口氣往前衝出去。

第4章 直到妳的悲傷消失為止

1

就在刃更與敵人展開戰鬥的時候——成瀨澪已經離開了保健室。

她目前所在的位置，是校內最接近天空的場所。

也就是頂樓。在藍白色的月光下，澪與一名少女對峙。

那是她的同班同學，也是監視澪的勇者一族——野中柚希。

「……好了，有什麼話要跟我說？」

當澪在夜晚的保健室醒來的時候，刃更可能是暫時離開位子吧，並不在身邊。過沒多久，打開保健室的門走進來的，不是刃更而是柚希。然後——

「……我有話跟妳說。」

表情冰冷的柚希說完這句話以後，澪便跟在她後面來到頂樓。

對於澪提出的疑問，柚希用平靜——但很斬釘截鐵的聲音回答：

第④章 直到妳的悲傷消失為止

「妳應該從刃更那兒聽說了……我在這個學校的理由。」

「沒錯，我的確從那傢伙的口中聽說了。」

澪說道。

「妳是什麼人——以及跟那傢伙是什麼關係，我也聽說了。」

繼承前任魔王的力量的澪，與勇者一族的柚希。照理說，她們彼此應該是死對頭之類的關係。可是，雙方都避談在這之前的事。

對於目標是找現任魔王報仇的澪來說，與柚希發生衝突，甚至跟勇者一族為敵並非良策，而對於柚希來說，她的立場就是貫徹自己監視澪的任務吧。但那些事情，從新學期開始的一週前——也就是刃更轉進這所學校以後才真相大白。

「然後呢？妳的事情我都已經知道了，那又怎麼樣？」

當澪暗示要她「回歸主題吧」，柚希直視著她這邊說：

「——請妳離開刃更。妳在的話會讓刃更很痛苦……所以請妳離開刃更。」

「……果然，是那件事。」

澪早就知道對柚希來說，刃更不只是單純的青梅竹馬，而是抱有更深情感的存在。以柚希的立場看來，對澪提出這樣的要求是理所當然的。

澪理解柚希的心情。但即使理解……

「——不要。」

面對斷然拒絕的澪，柚希瞇起眼睛。但是，澪一步也沒有退讓。

「不用妳說，我也為這件事煩惱很久，也為自己到底該怎麼辦而做了許多考慮。為了不把他捲入我的事情跟危險裡，甚至一度把那傢伙從家裡趕出去。」

沒錯，澪從一開始就沒打算讓刃更捲入這場風波。

「……可是，就算知道了我的事情，那傢伙還說要保護我。說什麼，這不是什麼麻煩，因為我們是家人。所以我也開始思考，我能為對我說出那些話的傢伙做些什麼呢？」

然後，得到了結論。

「如果那傢伙說什麼都要保護我。雖然我不想連累他，但他還是堅持要跟我一起戰鬥的話——我至少不要讓那傢伙的決心，有一丁點的白費。」

因為——

「那是現在的我所能做的，我認為那是對那傢伙的決心所做的回應。」

如果聽了柚希的話從刃更身邊離開，那根本就是背叛他吧。

懷著絕不會退讓的決心，澪把自己的想法說了出來。聽了這些話——

「…………………是嗎？」

就在柚希簡短那麼說的同時。

第④章
直到妳的悲傷消失為止

衝擊波伴隨著「鏗」的尖銳聲音襲向澪。可是——在撞擊到澪之前，卻與看不見的防護罩發生猛烈撞擊而像霧一樣散開。那是澪事先張開的魔法防護罩。

澪凝視著在正前方——拿著具現化的刀，散發著綠色氣場的柚希。

「——不聽妳的就用武力解決？」

說道，嘴角微微翹起——

「這樣的話——那我也不會客氣了。」

雖然不想主動與勇者一族為敵，但既然是對方主動挑釁，就只好奉陪了。

喊著「我要殺妳一百次」的澪釋放出風之魔法，猛烈的狂風逼近柚希。

「————」

但是閃過幾道白色劍光之後，風之魔法被劈開了。

看到這個情景的澪，對柚希與她本身戰鬥模式的契合度，不禁在心中咂了一下舌。

……不愧是勇者一族……

表示戰鬥能力的指標——大概可分為「力量」、「速度」、「技能」、「魔法」這四類。照萬理亞所教的，這類似RPG或模擬遊戲的狀態。最理想的當然是全能型，但基本上都是從這四個種類中，選出最適合自己的能力並加以發揮。譬如說萬理亞是力量型，澪大概是魔法型，她們之後再從各系統中選擇適合各自能力的戰鬥方式。像萬理亞是屬於活用怪力的肉搏格鬥士，澪則是可以從中遠距離釋放強力攻擊魔法的上位魔法士。

然後——柚希恐怕是技能型吧。雖然肉搏戰不如力量型，遠距離作戰不如魔法型，但應用能力卻是最高的，是能在各種範圍戰鬥的系統。

最重要的是，恐怕柚希積累了澪無法比擬的實戰經驗。但是——

……就算是那樣，也不能因此退讓！

澪從正面狠狠瞪著柚希，她卻表情冷淡地說：

「妳就這麼不擇手段地想利用刃更的溫柔？」

「如果說我是利用那傢伙的溫柔，那麼妳這又算什麼？根本就無視那傢伙的意思，把自以為是的溫柔硬加諸在他身上！」

「我……」

柚希的表情不禁僵硬起來。澪則是大喊：

「我不會給自己找藉口——可是也不會後悔！事到如今再對他說『把你捲進這場是非真對不起』，是對那傢伙很失禮的事情！所以，我會跟那傢伙一起正大光明地戰鬥！」

澪語氣強硬地說道。從她口中說出的，是現在的自己對刃更的決心所能做的回應。對他的單純想法——自己就是如此堅信不疑。但是——

「再說一次……」

第④章
直到妳的悲傷消失為止

柚希的口中發出冷得透骨的聲音，澪不禁被她的氣勢壓倒而屏住呼吸。

「妳要是敢再說一次那種自以為是的話，我絕不會放過妳的……妳明明對刃更的事根本就不了解。」

「那個……」

他們認識至今還不到一個月，當然會有相互隱瞞的事情，或還沒有說的事情。但是——

「跟妳比起來，我和那傢伙相處的時間的確是比較短……對那傢伙以前的事情，我也不是很清楚。但如果是現在的他，我覺得自己算了解他喲！」

比起一直分開到一週前才重逢的柚希，自己更了解現在的刃更。他是多麼的溫柔，多麼為澪她們著想。但是——

「……少來了。妳要是完全了解刃更的事，『打從一開始就不會把他捲入戰鬥中』。」

柚希說「因為」——

「刃更已經不能像以前那樣戰鬥了……其實他，光是拿劍就很辛苦了。」

「妳說什麼……那是什麼意思……？」

澪不禁問道。於是柚希說出東城刃更的真相——為了讓澪放棄他。

「刃更在五年前，為了救我們——……」

然後嘆了一口氣。

「————————」

聽到柚希說的話——

「……咦？」

澪茫然地回應。因為，她一瞬間沒聽懂柚希在說什麼。

——那是，刃更從勇者的村落被趕出來的原因。

是東城刃更犯下的罪孽，以及現在仍帶給他痛苦的內心創傷。而且正如柚希所說的，澪對這些事一無所知。因此，她的思緒無法立即跟上。但是——

「所以刃更，跟迅叔叔離開了村落……也失去勇者一族的資格。」

柚希又補了一句說：

「妳應該也覺得很奇怪吧，『為什麼勇者一族，會過著普通人的生活』。」

「啊……啊……」

成瀨澪終於明白了。柚希為什麼對自己這麼憤怒。更重要的是——自己對刃更做了多麼殘酷的事情。然後澪想起刃更說過的話。

『很久以前……我住在鄉下的時候，發生了一些事情。那該說是心理創傷嗎……我到現在還偶爾會夢到當時的事情。』

……怎麼會這樣……

第4章
直到妳的悲傷消失為止

澪被自己不知道的真相嚇得目瞪口呆——忽然間，頂樓的門被打開了。

衝進來的是一臉焦急的刃更。

「果然在這兒……」

可能是全力跑來的關係吧。他額頭還冒著汗，呼吸也很急促。

刃更看到殘留在頂樓的戰鬥痕跡與柚希手中的刀，不禁皺起眉頭。

「這是怎麼回事，柚希……這傢伙應該還是監視對象吧。為什麼負責監視的妳會拔出靈刀？」

柚希不發一語低著頭把目光別開，刃更接著轉向澪說：

「澪，妳也是……不是說過不跟勇者一族為敵嗎。妳怎麼——」

說到這裡，他突然露出驚訝的表情。可能是發現到澪的臉色不對勁吧。

「我、我……」

澪突然想說什麼，卻又說不出口。

因為心生動搖的關係。所以——

「怎麼了妳？為什麼要做那種……」

那麼說的刃更準備走向澪這邊。這時候——

「——喔，那是因為她們在談有關你過去的事情喔，講到剛才為止呢。」

彷彿打斷他的話並帶著笑意的聲音，從意想不到的方向傳進澪他們的耳裡。

東城刃更看到自己所在的頂樓上——遠處有一個靜靜佇立的人物。

對方戴著白色面具，身穿黑色的燕尾服。雖然有著人類的模樣，但肌膚感受到的是非常不祥的負面氣場。光是像這樣對峙就能夠了解，對方是有相當實力的魔族。

……不妙。

刃更的表情變得嚴肅起來。這傢伙恐怕就是發動這次襲擊的幕後主使者吧，而且比想像中還要強。雖然還不知道是什麼戰鬥類型，但肯定有Ａ級的實力。

雖說澪被認定是準Ｓ級，但那終究是考慮到她可能擁有前任魔王威爾貝特的能力而做出的認定。但如果以村落的標準判斷，她恐怕會被分為Ｂ級吧。而柚希是特Ｂ級。對方若是準Ａ級就還好，要是Ａ級以上，別說是柚希，就算刃更一起上都可能很難對付呢。

雖然他現在看來很隨意地站著，但全身上下沒有一處可讓人攻擊的破綻。

可能知道對方的實力很強吧，澪和柚希也跟刃更一樣都沒有動。

「——哎呀呀～居然讓我聽到這麼耐人尋味的事情。之前就想過怎麼會有這個奇怪的傢伙礙事，想不到竟然是被逐出勇者一族的傢伙。而且，居然還是大戰英雄東城迅跟他的兒子，真是讓人嚇了一大跳呢。」

刃更聽白假面說得那麼開心，他瞇起眼睛說：

「公園那一次，也是你幹的嗎……」

「沒錯，不久以前我就注意到你了。原本以為只是個普通人，沒想到是個能力者——居然還成為前任魔王他女兒的夥伴，而且還挺有本事呢。看來，之前派去的傢伙也被你幹掉了呢。」

「——？」

聽了白假面的話，在刃更旁邊的澪屏住呼吸。

大概是被刃更沒和自己在一起的時候，居然單獨遭到襲擊這件事嚇到了吧。

……我過去的事情，是嗎……

大概是柚希為了讓澪離開刃更，說出了五年前那個事件吧。

若真是那樣，雖然不知道她聽到了多少，但澪恐怕已經知道了。

知道東城刃更所犯的罪孽，以及——刃更的劍裡因此充滿了迷惘與躊躇。這時候——

「——咦？怎麼了妳，怎麼露出那種表情？」

白假面對臉色蒼白的澪說道：

「該不會現在才後悔把他捲進來了？如果是這樣，那後悔已經太遲了喔。不光是上次在公園還有這一次。這幾天，他在妳不知道的地方，已經揮劍戰鬥過好幾次了——在妳睡著以後，一直戰鬥到天亮呢。」

「咦——？」「——閉嘴！」

澪驚訝地睜大雙眼，刃更也同時朝著白假面衝過去。

此時布倫希爾德已經具現化，並且向白假面砍去。但是——

「喔！」

當白假面這麼說的那一瞬間，揮下的劍「鏗——！」地被一股隱形的力量彈開了。

儘管刃更被轟飛到後方，他仍然迅速轉身，設法用腳著地。

……這傢伙，果然很強……！

雖說是為了讓他閉嘴而揮出的一擊，但也使了相當大的力量。如果是像在福利社或公園發動攻擊的「黑影」那種程度，應該能輕而易舉地砍成兩半。不過那招斬擊被完全擋了下來，還被彈開。更重要的是，他還有辦法應付「速度型」的刃更的速度。

「……刃更。」

刃更對跑過來的柚希點著頭說「沒錯」，恐怕柚希也做出相同的判斷吧。

……準A級……不，應該是A級吧。

白假面的實力超乎想像。不過，卻也明白了一件事。

第④章
直到妳的悲傷消失為止

剛剛的防禦方式，雖然不清楚它的詳細原理，但應該是技能或魔法中的一種。

一旦知道對方的類型，就能夠擬定戰術了。但是──

……可惡，要是萬理亞在就好了……

有別於速度型的刃更與技能型的柚希，如果是力量型的萬理亞，就有可能以直接攻擊的方式破除白假面的防護罩。但是，距離她說好要來的時間還有一會兒。雖然還可以靠刃更跟柚希拖延時間以及澪使出強力魔法的方法，但如果敵人是魔法型，澪的魔法就無法破除敵人的防護罩。如此一來，他們就束手無策了。

……怎麼辦？

正當刃更設法擬定戰術的時候──

「刃更……那傢伙剛剛說的是真的嗎？」

澪從有點距離的地方，用無法置信的語氣詢問刃更。

刃更不發一語並露出痛苦的表情。看到他這樣的表情──

「……真的嗎？刃更……你，在我不知道的地方跟敵人戰鬥……？」

澪喃喃地說──為什麼。

「那還用說嗎，當然是為了妳嘍……」

白假面笑著說道：

「沉睡在妳體內的前任魔王威爾貝特的力量——儘管尚未覺醒，但仍然會冒出強大的力量波動，而那股力量吸引了低級的無賴惡魔。要是那些低級的惡魔危害到人類，原因也是因為妳的存在。那樣的話，勇者一族當然會把妳視為一種危害，把妳從監視對象變成消滅對象。」

對於他說的那些話，柚希並沒有表示意見，顯然她是默認。

「如果他要保護變成消滅對象的妳，那他將成為這個世界的叛徒。勇者一族也不會放過他……所以那個女孩子才會要妳離開他。」

白假面接著說「不過」——

「為了不讓事情演變成那樣，所以他跟妳那個跟班夢魔，這幾天拚命在市區戒備監視，獵殺低級的無賴惡魔……真的好努力喔。」

「那、那麼萬理亞不來學校接我，也是因為要戒備監視……？」

對於澪的問題，刃更點頭回應。很遺憾，沒辦法再隱瞞下去了。

這時要是再對澪撒謊，將會徹底失去澪的信賴。

「對不起……我們認為要是對妳說出真相，妳肯定會自責的。」

在浴室發生那件事的晚上——刃更和鑽進被窩裡的萬理亞徹底談過，為了防止被澪的力量吸引的惡魔對人類造成危害，所以他們祕密地行動。

第④章
直到妳的悲傷消失為止

現在的澪因為詛咒的關係，導致精神上有負擔，所以他們決定現在先不說，至少等一個月後——等主從契約的魔法解約，她的精神也平靜下來之後再告訴她。

「居然有這種事……」

喃喃說道的澪愣在原地。這時候——

「既然受到這麼大的打擊，不如把造成那個原因的『力量』交出來吧。」

白假面如此說道，同時澪的背後出現了「黑影」。

大鐮刀已經高高揮起，但是澪並沒有發現。

「唔——？」

刃更迅速做出反應，他單腳一躍地準備朝「黑影」砍下去。

「喔——『這次想連她也一起消滅嗎』？」

這時候，白假面用開玩笑的口吻說道。那效果非常巨大。

「————！」

內心的創傷遭到利用，結果布倫希爾德從心生動搖的刃更手中消失。但是——

「——唔喔喔喔喔喔喔喔喔喔喔喔喔喔！」

儘管如此，東城刃更仍咬緊牙根——往地上一蹬地衝上前。

剛開始——成瀨澪並不知道發生了什麼事。

「咦……？」

等到回過神的時候，澪已經仰望著夜空，倒在頂樓的地上。

……到底發生了什麼事？

心裡那麼想的澪準備坐起身來——但是沒辦法。然後，她終於發現到一件事。

她發現到自己的身體很沉重，似乎有人壓在自己身上。

仔細一看。

「……刃更……？」

澪茫然地喃喃說道，但刃更沒有回應。

因為她身體動不了，所以想把他叫起來——但是伸向他肩膀的手卻是濕的。

是血。

「——唔？」

澪的意識完全清醒了，腦子的影像宛如倒轉般地讓她回想起那一瞬間。

自己的背後出現敵人「黑影」——而刃更保護自己免於那凶刃的傷害。

因此，他的背部被砍了。

第④章
直到妳的悲傷消失為止

「就算是勇者一族，終究還是落到這種下場……想不到會這麼脆弱呢。」

澪聽到白假面感到有些掃興的聲音。

「不要……你醒醒啊，喂！」

澪悲痛地大叫，而視野的旁邊——距離自己不遠處有什麼在動。

恐怕柚希已經把砍傷刃更的「黑影」幹掉了吧。

「……我絕不會放過你……你好大的膽子！」

柚希釋放出靈刀，從虛空往下揮。

伴隨著轟隆隆的衝擊波，筆直朝白假面襲擊。

「喔……威力還不錯呢。」

白假面有些佩服地說道，並輕鬆往旁邊一跳就閃開了。

但是——柚希已經提前抵達他的著陸點。

她早就估到會被閃開，因此在釋放衝擊波的同時，就先判斷出敵人的動向而衝出去。

她從身體往前微傾握著靈刀的狀態，神速地橫向揮出。

劈開了。

但是，柚希的靈刀劈開的只是虛空。因為白假面在上方——他躍到半空中閃開了。

「跟我交手真的沒問題嗎？他的傷可不輕喔，再不快點治療——可能就來不及了喔？」

「…………」

白假面的目光從氣得咬牙切齒的柚希移到澪這邊，他看著一面緊抱住受傷的刃更，一面想起身的澪。然後，用帶著笑意的聲音說：

「明白了嗎？這就是妳的決定所產生的結果喔。」

「我、的……」

澪聞言不禁目瞪口呆，此時白假面當著她的面宛如融入虛空中地忽然消失。只剩下傳著他聲音的夜風。

「我先暫時撤退，妳就好好考慮一下吧。那個女孩說的是事實……把周遭的人們牽扯進來，害他捲進這場是非而受傷。就算那樣，妳還要繼續這毫無勝算的戰鬥嗎？為了妳的復仇行動而犧牲的，是妳自己還是周遭的人？妳最好再做一次選擇吧。」

接著，澪聽到他補上的這句話：

「只不過——無論妳的決定是什麼，一切都會馬上結束的。」

2

第4章
直到妳的悲傷消失為止

——過去居住在勇者一族的村落時。

東城刃更從很小的時候就被認定前途大有希望。

因為他是大戰的英雄迅的獨生子，可能是繼承了父親的才能吧，與同年的少年少女相比，他的實力顯得很出類拔萃。再加上，之所以有這麼多人對刃更抱有期待，是因為刃更可以使出誰也無法模仿的特殊技能。

「無次元的執行（Vanishing Shift）」。只有在針對對手的攻擊時做反擊的那個技能，能夠彈開、瓦解不管是物理或魔法的所有攻擊。

而且——如果能看出、斬斷被稱之為「存在之根源」的「天元」，就能讓對手的攻擊現象消失在零次元中。

因此，刃更與柚希他們這群同年齡的孩子，被當成下一代的新希望而一起成長。

——但是，那些幸福的日子在某個時候突然結束了。

村落裡有一個之前就一直主張應該率軍討伐魔族的青年，對始終不肯點頭答應的長老們感到不滿，於是他決定用強硬的手段……就算自己一個人也要那麼做。他拔出在村落的深山裡，把S級的邪精靈封印在大地的最強魔劍布倫希爾德。

既然主張要討伐魔族，青年當然對自己的實力有相當的自信。周邊的人們也都是這麼認為。撇開迅不說，他毫無疑問就是No.1。所以，他也打算用魔劍布倫希爾德消滅被解放出來的邪精靈吧。

但是——並沒有成功。那個青年的意識和身體反而被邪精靈奪去。

於是邪精靈開始襲擊封印自己的可恨存在——也就勇者一族的村落。

——但不巧的是，那個事件是發生在迅不在村落的時候。

但畢竟是勇者一族，能夠戰鬥的人很多。他們拚死作戰，設法阻止悲劇的發生。但是，被S級邪精靈的力量所寄宿的，是村落裡數一數二的高手。能夠仰賴的迅又不在。因此悲劇無法阻止，犧牲者也愈來愈多。

最後——打倒這個邪精靈的是刃更。但他是在眼看著身邊的朋友們被殺，凶刃正要砍向柚希，精神狀態被逼到極限而導致「無次元的執行」失控。當刃更醒過來的時候，他已經躺在醫療所的床上，被告知事情已經結束，還說讓這一切結束的不是別人，正是刃更。

最佳的證明，就是連迅都沒被選上的最強魔劍布倫希爾德，選擇刃更當它的主人。許多生命託刃更的福而得救，柚希也是其中之一。

——可是，倖存者的心理卻沒有因此得到拯救。

刃更的「無次元的執行」，冷酷無情地把周遭一帶全都消滅了。

像是被操縱的青年、邪精靈、部分犧牲者的遺體——全都被消滅。

因此，基於「無次元的執行」太過危險，為了防止再次發生這樣的悲劇，理應把刃更跟布倫希爾德一起關起來——過沒多久，就出現了這樣子的結論。

儘管刃更因為事故造成的震撼，已經無法再使用「無次元的執行」。

不過——對刃更來說或許也是件好事。因為害重要的朋友消失的刃更，仍無法背負自己的行為所帶來的沉重壓力，幾乎就像個行屍走肉一般。但是——回到村落的迅站出來替刃更說話。除此之外包括一名長老，柚希他們野中家也拚命維護刃更。於是結論出來了，刃更被剝奪身為勇者一族的資格，連同魔劍布倫希爾德一起被逐出村落。為了防止刃更再次失控，村落要迅負責監督刃更並跟他同行。

刃更乖乖聽從那個決定。但是，迅卻直接提出異議。而且說「既然身為勇者無法讓我保護刃更——那我也不幹什麼勇者了。」

他話一這麼說完，就跟刃更一起離開村落。

於是——從那天之後五年的歲月流逝。

那一天那場悲劇的記憶依舊鮮明，至今仍然變成惡夢折磨著刃更。

他非但無法為自己犯的錯贖罪，甚至還沒找到面對的方法。

而「無次元的執行」就像證明似地，至今仍無法使用。

撇開那唯一一次僥倖把萬理亞的風之魔法消除的時候。

……可是。

即使意識飄浮在黑暗中，東城刃更仍在想——

雖然自己就是那麼不成器，卻有了想要保護的人，有了新的家人。

剛開始是想以哥哥的身分保護她，但彼此的關係卻是假的。

原以為是妹妹的她，其實是繼承了魔王力量的少女。但是，那並不是她期望的事情。儘管如此——還是有人覬覦她的性命。

但是她即使面臨這樣的狀況，仍樂觀地拚命活下去，繼續戰鬥。

——過去為了保護刃更，迅捨棄了勇者的身分。刃更也失去了勇者的資格。

但是現在，出現了一個別說是勇者一族，就連她的魔族同類都不會保護的少女。

這樣的話，能夠保護那樣的她——能夠保護成瀨澪的，肯定就是自己了。

現在的刃更，已經沒有像過去那樣戰鬥的力量。

即使這樣，布倫希爾德還是回應他。自己的手腳也還能動，還有意願。

「所以——……」

刃更喃喃說道，然後睜開眼睛。

光線射進黑暗中，緊接著，出現在眼前的是熟悉的天花板。

第④章
直到妳的悲傷消失為止

「太好了……知道我是誰嗎？」

仔細一看，年幼的少女彷彿鬆了口氣地看著自己。

「萬理、亞……？」

「是的。請放心，這裡是我們家，是刃更哥的房間。」

「我的——」

因為記憶不太連貫，刃更皺起眉頭——然後終於想起來。

這時候他身體感到悶痛而皺起眉頭。

「原來如此……我在頂樓被敵人……」

「對不起……如果我早一點去接你們……」

萬亞理很過意不去地說道。

「繃帶是跟保健室借用的，雖然當場做了一下緊急處理，但考慮到學校還有其他人就把你帶回來了。」

「這樣啊……謝謝妳。」

這裡是自己家裡，又有萬理亞陪在旁邊的話，表示柚希先回去嘍。一看時鐘，已經是凌晨三點半。看樣子已經昏睡了約七個小時。

「那個——」

萬理亞說道。

「『雖然都是照你之前說的做』——不送你去醫院真的沒關係嗎？」

「沒關係……這樣就可以了。」

就算自己有什麼萬一，也不要送我到醫院——那是在公園的戰鬥以後，自己拜託萬理亞的事。去醫院確實可以得到治療。但是以治療與恢復狀況為優先的藥物，會剝奪身體的感覺及思考能力。那簡直就像是刻意製造可乘之機給敵人。

「唔——……」

刃更慢慢坐起身來，並且緊緊握著拳頭。

……很好。

雖然還有些痛，但身體可以動，思路也很清晰。

「好厲害喔……受了那麼重的傷，意識卻這麼快就恢復了。若是一般人，昏睡個兩、三天都不足為奇呢。」

「我們這一族，從小就透過特殊的訓練鍛鍊身體……所以回復能力跟自癒能力都比常人還要高出許多。」

正因為知道這些，柚希才把照顧刃更的事交給澪跟萬理亞吧。

這全是為了戰鬥，為了在戰鬥中獲勝而習得的能力。

第④章
直到妳的悲傷消失為止

沒錯——我們必須獲勝。贏過在頂樓那一戰，完全壓制住我們的那個魔族。

「對了，澪現在怎麼樣了——……萬理亞？」

聽到刃更說出的名字，萬理亞嬌小的身體微微顫抖一下。

而之前一直不開心的表情，變得更悲傷了。

「……可能是看到受傷的刃更哥，所以想起養育自己的父母被殺的情景吧。當我趕到頂樓的時候，澪大人的狀況極不穩定。雖然處於半恐慌的狀態，但仍然堅持要親自幫刃更哥包紮傷口……為了讓她暫時冷靜下來，就請她先去休息了。然後大約一個小時前，我去告訴她刃更哥的狀況穩定下來了，結果……」

「喂，不會吧——」

「是的……後來再去看澪大人的情況時，她已經不在房間了……」

「那個笨蛋……！」

一定是基於奇怪的責任感而獨自跑去做個了斷！

「——刃更哥！」

萬理亞突然雙手雙膝著地，頭低到幾乎貼在地上。

「我知道你受了很重的傷……但是現在知道澪大人在哪裡的，只有締結主從契約的刃更哥了！我不會要求你去戰鬥，但至少告訴我澪大人的所在地點……拜託你了……」

嬌小的身體不斷地顫抖，拚命地懇求。因此——

「——開什麼玩笑！」

那麼說的東城刃更，掀開被子從床鋪下來。

即使灼熱的疼痛流竄全身也完全不理會。

「我當然要去找她——我可不想成為妹妹陷入危機的時候，還在床上躺的無能哥哥。」

3

離開房間、走出家門的澪前往的，是位於山丘上的公園。

因為那裡也是這個城市的著名景點，原本就算是深夜也會有些人來這裡，但是在寬敞的園區內，還有一大片種了各種樹木的樹林，在樹林的深處是不會有人來的。

「……就這樣吧。」

在樹林的深處，為了以防萬一的澪使了驅離人類的魔法，她大大吐了一口氣並輕輕望著地上。等待敵人的工作已經準備就緒。

……你們兩個，對不起了……

第4章
直到妳的悲傷消失為止

澪在心中向刃更跟萬理亞道歉，自己從家裡跑出來的事情應該已經被發現了吧。其實連她自己都知道這是魯莽的舉動，但是除此之外，澪想不出還有什麼其他方法。

——成瀨澪什麼都不知道。

想不到那兩個人被捲入自己的戰鬥，還在自己不知道的地方為自己戰鬥。

而且刃更，還為了保護那樣的澪而受重傷。

那個時候——流著血的刃更，在澪的眼中與被殺的父母親重疊在一塊。

當時她的心變得很奇怪。明明敵人還在戰場上，卻動搖成那樣，連自己都感到無地自容。

所以——當自己對萬理亞說想要照顧刃更，她則要自己先讓心情冷靜下來。結果就在自己的房間裡獨自顫抖，並且一直思考。

白假面說過的話，在澪的腦子裡不斷盤旋。把周遭的人們牽扯進來，害刃更跟萬理亞捲進這場是非而受傷。就算那樣，妳還要繼續這毫無勝算的戰鬥嗎？

為了妳的復仇行動而犧牲的，是妳自己還是周遭的人？

——於是，澪最後擬出的結論，就是這個。

儘管如此，當她在這裡做這些準備的同時，心裡還是惦記著一件事。

……刃更，拜託你不要有事啊……

澪像是祈禱似地緊緊閉上眼睛。雖然萬理亞說刃更的狀況已經穩定下來，但結果還是有無法預測的狀況。自己當然可以在身邊祈禱他早日康復，並且照顧他。

但反過來說的話，自己也只能在身邊祈禱他早日康復、照顧他而已。

……這樣的話。

澪睜開眼睛心想，自己就做只有自己才能做的事吧。這時候——

「——看來妳已經得到結論了呢。」

忽然有聲音從背後傳來。澪邊說「沒錯」邊轉過身。

這時候在樹林中——視線的前方，白假面就站在那裡。

澪不發一語地瞪著白假面。他在離開頂樓時說過的話——「無論妳的決定是什麼，一切都會馬上結束的」。成瀨澪非常清楚那句話是什麼意思。這時候，她的心思彷彿被看穿似的——

「咦……妳比我想像中還要坦率呢。不過，我覺得這是正確的選擇喔。」

白假面如此說道。

「妳要是繼續戰鬥下去，還會出現大量的犧牲。但如果妳願意犧牲自己，那麼一切就都結束了。」

「……是啊。」

澪如此說道並點了點頭，她打從心底同意這句話。

「『要犧牲的話——要戰鬥的話，我一個人就足夠了』。」

下一個瞬間，白假面被巨大的火柱吞噬。釋放出來的是地獄的業火——是現在的澪所能使出的最強火焰魔法。她讓那火焰處在待命的狀態，一直在等這一刻的到來。

這全都是為了要在敵人毫無防備的時間點進行攻擊。而且——

「還沒完呢！」

澪接二連三地發動攻擊魔法。她不斷地連續發出二次雷擊的攻勢，來自四面八方的風之刃，無數的冰矛，那些全都朝著白假面攻擊。

那全都是傾全力的攻擊，是她用盡魔法與精神力，必定殲滅敵人的先發制人之攻擊。

最後再放出爆炎魔法，看著熊熊燃燒的火焰——

「呼……呼……如、如此一來……」

澪氣喘噓噓地說道。

這時候有聲音傳來。

「——這樣妳氣消了嗎？」

伴隨著「咻～」的風聲，火焰被消除了。而且，白假面宛如沒受到任何損傷似地，站在跟剛才同樣的位置。

「怎麼會……」

「有什麼好驚訝的？我怎麼可能在毫無防備的情況下，進入對方事先就在地方。妳該不會真的以為用這種手段就能把我幹掉吧？」

「唔……！」

看到彈起來似地往後退，準備詠唱新魔法的澪，白假面笑了。

「對了對了，那個家真的很不錯耶，妳跟那個前勇者的青年所住的家──『應該很好燒吧』。」

「──？」

「需要我命令屬下試試看嗎？看妳的火焰魔法跟那個家，哪一邊能燒出漂亮的火焰？」

「你這卑鄙的……」

那個家裡有受傷的刃更。不過萬理亞也在，或許不會被捲入火勢之中，但要逃出來恐怕也是竭盡全力，也沒有辦法阻止火勢蔓延。這時候──

「我哪裡卑鄙，明明把他捲進這場是非的人是妳……要怪，我希望妳先怪自己吧。」

「…………」

澪緊咬著嘴唇。向這種卑鄙的威脅屈服、投降，別開玩笑了。

可是澪現在準備詠唱的魔法，終究是為了持續進行戰鬥的魔法。

第4章
直到妳的悲傷消失為止

剛剛那一連串的魔法都對他行不通了，這種程度的魔法是不可能打倒對方的。

話雖如此——還是能以此為開端，再次繼續戰鬥。而且她也想好了戰鬥方式。

不過，澪還是慢慢解除擺出的架勢，並中止詠唱魔法。

「……你的目標應該是我吧，求求你，不要再對刃更出手了。」

但是——

「如果你敢再繼續傷害他——我絕不會原諒你的。即使無論用什麼手段，我也會殺你一百次的。」

「沒問題，只要妳不再給我添麻煩。」

白假面一開口說話便露出從容不迫的笑容。

真討厭。自己的戰鬥才剛開始沒多久，明明還能繼續戰鬥的。

居然被迫在這種時候向敵人屈服，真的是討厭死了。

……但是……

儘管如此，要做出危及刃更生命的事情，那可是比死還要討厭。所以除了這麼做，也沒有其他辦法了。

白假面宛如在空中滑行似地來到不發一語愣在原地的澪面前。

「把手給我——」

聽到對方的催促，澪把雙手往前伸，緊接著手腕被紫色的繩子捆了起來。

「這是……」

「是封印魔法的拘束用魔導具。妳這種程度應該不會有什麼問題，但為了小心起見還是封印起來吧。那麼──我們走吧。」

「……你想帶我去哪裡？」

白假面對停止戰鬥但尚未失去敵意的澪如此回答：

「那還用說嗎……當然是魔界嘍。我的主人正在等妳呢──」

正當白假面話說到這裡的那一瞬間，他大大往後跳離澪身邊。

同時，白假面剛剛所在空間，已經被風之刃的斬擊劈開。

「不會吧……」

正當澪準備回頭仰望自己的背後──往攻擊發出的方向看時，有一條人影以高速從她身邊通過。

那是跟澪一樣穿著聖坂學園的制服，右手握著靈刀的少女。

是野中柚希。

第4章
直到妳的悲傷消失為止

「——為什麼？」

聽到背後傳來澪的疑問，野中柚希的奔跑並沒有放慢速度。

她沒有理會樹林的地面不易踩穩腳步，一口氣就衝向白假面一刀劈了下去。

但柚希的斬擊，被白假面張開的防護罩輕鬆擋住了。

「真是意外啊，妳居然成了她的夥伴……那是身為勇者一族的判斷嗎？」

「……沒有啊，我並沒有成為她的夥伴。」

對白假面語氣從容所提出的疑問，柚希淡淡地答道。

——沒錯，當初柚希並無意要幫助澪。

圍繞著她所繼承的前任魔王力量而展開的爭奪，只不過是魔族之間的戰鬥。

因此，勇者一族沒有必要主動介入。

身為監視者的柚希，也對那個判斷毫無異議。對於將原本過著平靜生活的刃更捲進來的澪，只有厭惡的感情，認為就算讓她當犧牲品也無所謂。

可是……

儘管如此，刃更仍執意要保護澪。每次在學校看到刃更的時候，發現他總是在澪沒察覺到的情況下看她。刃更隨時隨地都在擔心澪，而且在她不知道的地方為她戰鬥。澪有那樣做的價值嗎？柚希完全無法理解，所以才在學校的頂樓要她離開刃更，不要把他捲進這場是非。而且，在刃更被敵人砍傷倒地，白假面暫時撤退後——

野中柚希原本想把憤怒的矛頭立刻指向澪。

——全都是妳害的，都是妳把刃更捲進來。

可是她沒有說出口。因為看到倒下的刃更，澪的精神狀態比柚希還要嚴重混亂。

她驚慌失措、不安，即使這樣她還在擔心刃更。一面痛哭一面不斷地說「對不起，對不起……」。因為野中柚希聽到她如此悲痛的哭喊，所以當萬理亞抵達的時候——就暫時把刃更的治療交給她們負責。然後，又看到澪打算獨自戰鬥，甚至為了刃更而停止戰鬥。

柚希終於有點明白刃更為什麼要保護澪。

而且，柚希來到這裡還有其他理由。沒錯——很重要的理由。

「我應該說過了——我絕不會放過傷害刃更的你。」

所以，當柚希說出帶有冰冷殺意的話，全身同時被光芒團團包住。

配合靈刀「咲耶」的具現化，她的衣服也轉換成戰鬥用的服裝。

那就是野中柚希的決定。表現身為勇者一族的她，要打倒眼前的魔族的意志。

接著，戰鬥開始了。面對柚希發動的一連串劍擊——

「憑妳的劍跟技巧是無法打敗我的……剛剛在頂樓的戰鬥妳應該就很清楚了。」

隔著張開的防護罩，白假面無奈地嘆息。但是，柚希一點都不著急。

「……是嗎？那麼——這個呢！」

她釋放出的，是左右交替反砍的一擊。那一擊——劈開了白假面引以為傲的防護罩。

「什麼……？」

柚希憑著這股氣勢朝訝異的白假面砍去。

迅速往後退而勉強避開這一刀的白假面訝異地問：

「妳是怎麼瓦解我的防護罩……」

「只靠一擊是劈不開的。『所以我就不斷地劈到劈開它為止』……如此而已。」

柚希說道。

「難道妳……毫無偏差地重覆劈同一個地方……？」

「如果那樣能打倒你，就只能那麼做了。」

柚希輕鬆地說道，那在技能型之中，也是只有極少數人才辦得到的絕技。

與刃更分開的這五年，柚希已經累積那麼強的實力。

「——不要小看我們勇者一族。」

接著柚希再次往前衝，她大膽地將靈刀暫時收入鞘中再以神速拔出。利用拔刀術所產生的斬擊威力，是平常斬擊的好幾倍。儘管已經一擊劈開對方的防護罩，但那還沒有結束，柚希組合了居合道與斬擊，不斷發動一連串的攻擊。

第4章 直到妳的悲傷消失為止

承受不住那攻擊的白假面向後用力一躍，與柚希拉開距離。

「好吧……我就稍微陪妳玩一玩。」

他一說完，就把掌心朝向柚希這邊——剎那間，黑暗竄了出來。

「————？」

柚希迅速往旁邊跳開，那是完全沒有考慮著地條件的反射動作。

緊接著，大地伴隨著轟隆隆的聲音震動起來。倒在地上的柚希看到自己剛剛所在的地方——樹林的地面，因為爆炸被刨出一個大洞。

「喔～那招妳還閃得掉啊……」

白假面佩服地說道。然後——

「那麼——這一招呢？」

如此說道的同時，白假面的四周出現了無數顆黑色光球。

……糟糕……！

那麼多的數量是不可能避開的，也無法做防禦。怎麼辦——那片刻的猶豫，也讓柚希完全失去避開的可能性。等到反應過來的時候，柚希已經被捲入劇烈的衝擊裡，整個人往後飛了出去——隨後，現場響徹轟隆隆的爆炸聲。

柚希的背因為那股爆炸威力，重重撞在一棵大樹的樹幹上，猛烈的衝擊讓她無法呼吸。

「——野中！」

遠處傳來澪的叫聲。但是，柚希無法做出反應。她的身體搖搖晃晃地往前倒。

「唔——……！」

儘管如此，柚希仍然把靈刀插在地上，撐住自己不肯倒下。

……還沒、完呢……

對，還沒完呢。自己還能戰鬥。因為這是他——是刃更救回來的性命。

那場悲劇發生至今五年，自己是為了什麼而變強？

——那還用說、嗎……

刃更犧牲他的未來，救了自己。所以這一次，就換自己來保護他，以及他想保護的事物。保護刃更居住的這個世界——保護他的生活。

自己不就是為了那個目的而忍受嚴格的修行，並且變強嗎？

「快逃啊……快逃，野中！」

柚希沒有理會澪的喊叫。開什麼玩笑，我怎能因為這種程度的攻擊就放棄？

「……唔……」

柚希拚命咬緊牙根，慢慢地抬起頭。

然後她明白了，她明白澪為什麼叫自己快逃。

第 4 章
直到妳的悲傷消失為止

因為野中柚希看到，白假面的頭頂，有一顆他生成的巨大黑暗光球。

再這樣下去柚希會死的——心裡這麼想的澪迅速行動。

「……唔，給我適可而止一點——！」

雖然雙手被綁著，她仍然嘗試用肩膀撞白假面。但是——

「——不要礙事！」

白假面輕而易舉地往這邊發出衝擊波。

「呀啊啊啊啊啊啊啊啊——！」

被拘束用魔導具封印魔法的澪，根本無法防禦。被正面擊中的澪，整個人被轟飛地摔到地上。

「……咕……唔……」

儘管如此，澪還是拚命想站起來。

……我不會、讓你得逞的……

她已經受夠了，不希望再有任何人被自己的命運連累。

不希望再有任何人因此犧牲，就算對方是勇者一族的柚希。

但是——光憑想法，是無法阻止悲劇發生的。
「如此一來就結束了哦。」
就在白假面這麼說的同時，巨大的黑暗光球朝柚希釋放。
「不要……！不可以以以以以以以以——！」
澪忽然大叫起來，但白假面沒有理會她。朝柚希逼近的黑暗光球，以及殘酷的現實都沒有理會澪。無論澪怎麼喊叫，澪都救不了柚希。
因此，柚希的死是無法避免的——「照理說應該是這樣」。
——但是。儘管如此，還是有一名人物回應了澪的想法。
「……咦？」
她聽到風吹過的聲音，然後——
「——交給我吧。」
就在聽到這簡短呢喃的同時。
一名比風還快的青年——闖入光球與柚希之間。
東城刃更到達戰鬥地點的時候，正好是白假面釋放巨大黑暗光球的瞬間。

第4章
直到妳的悲傷消失為止

為了保護柚希而擋在她前面的刃更，被迫當下做出決定。

要抱著受傷的柚希迴避是不可能的事，那麼就只有一個選擇。於是東城刃更毫不猶豫地選擇了那僅有的可能性。只不過那不可能完全使出，但是——

「準備了……『無次元的執行』！」

東城刃更的魔劍布倫希爾德所揮出的斬擊，與藍色光球撞在一起。

……就算無法完全消滅……

就算自己還無法擺脫過去的陰影，但應該還是能讓它彈開，或者讓它散去。因此——

「喔喔喔喔喔喔喔喔喔喔喔喔喔喔喔喔喔喔喔喔喔喔喔！」

刃更踏穩地面，將全部的力量集中在雙手，然後揮出手中的布倫希爾德。

當他的手感覺到什麼的同時——只見藍色光球碎裂，並從刃更與柚希的左右兩邊飛去。

爆炸揚起大量沙塵。但是，遭到破壞的只是樹林的地面。刃更跟柚希並沒有被波及。

「什麼……剛才那個是怎麼回事？」

「……刃更……」

面對著目瞪口呆的白假面，背後傳來柚希的呼喚。刃更轉過臉說：

「已經沒事了，柚希……接下來就交給我吧。」

他笑著只說完那些話，接著再次把臉面向前方。

然後，他忽然微微皺了一下眉。他感覺到背部有股灼熱的痛楚。

……可能是剛才的動作，讓傷口裂開了吧。

那疼痛是可以忍受的程度，但如果不斷出血，很可能會變得無法動彈，必須盡快做個了結。

「————」

因此，刃更往地上一蹬地向前衝，他使出的是速度型的最高速度。

那速度接近他被譽為較大戰英雄的父親還青出於藍的神童時代。

敵我之間的距離在一瞬間就變成零，以神速揮出的斬擊吸入白假面的體內。

嘎鏗鏗鏗鏗鏗鏗鏗鏗鏗鏗鏗鏗鏗鏗！但伴隨著尖銳的金屬聲，手握布倫希爾德的刃更的手感到麻痺，因為劍擊被彈開了。

「我真的嚇到了，很漂亮的劍招。若是一般的防護罩，說不定連我都被砍成兩半。」

白假面發出讚嘆的聲音又接著說「不過」——

「很不巧的是，因為被那個女孩破解的關係，我就把防護罩加厚了……真是可惜啊。」

「……沒錯，是很可惜。」

刃更點了點頭。

「『不過是你』——」

第4章
直到妳的悲傷消失為止

然後他大喊。

「——萬理亞！」「包在我身上！」

一名幼小的少女從刃更的背後衝到前面。她那嬌小的身體揮出了右拳。

身為夢魔的她，是當時沒出現在學校頂樓那一戰鬥的「力量型」夥伴。

那一擊——把白假面已經被刃更的斬擊削弱力量的防護罩打得粉碎。

「什麼——！」

訝異不已的白假面想要迅速恢復防護罩。

「——太遲了！」

但是刃更的速度比他更快。

把速度型的特性發揮到最大極限的刃更，他的戰鬥類型是神速劍術使。

加上宛如用線串連的神速劍光，與一連串的攻擊聯結起來。

以「斬！」的聲音為開端。

斬、斬、斬、斬、斬、斬、斬、斬，斬斬斬斬斬斬斬斬斬斬斬斬斬斬斬斬斬斬斬斬斬斬斬

斬斬斬斬斬斬斬斬斬斬斬斬斬斬斬斬斬斬斬斬斬斬斬斬斬斬斬斬斬斬斬斬斬斬斬————！

無論是力量、魔法或技能，速度超越了所有能力。

「喔喔喔喔喔喔喔喔喔喔喔喔喔喔喔喔喔喔喔喔喔啊啊啊啊啊啊！」

接著——最後的劍擊揮了出去。

那是把白假面的身體完全劈開，讓他在虛空的黑暗中消滅的全力一擊。

澪目擊到那一瞬間。

打倒白假面的刃更，暫時停止動作。不久——

「……呼～」

他彷彿氣力用盡地吐了一口氣，首先確認在身後的柚希是否沒事。

經過簡單交談之後，再慢慢走向澪這邊。

——不過，澪還是有些不敢相信。

可是——往自己這邊看的刃更，臉上露出溫和的笑容。

「啊……」

她這下子才終於明白自己得救了，刃更來救自己了。所以——

「……我，我……」

澪焦急地想「該怎麼辦」，她不知道該說什麼好。雖然知道應該要感謝他，但是害他受傷那件事，自己也還沒向他賠罪。正當她不知道該對刃更說什麼話的時候——

第④章

直到妳的悲傷消失為止

「澪大人——！」

萬理亞追過刃更，飛身撲過來緊抱住澪。

對於擅自決定要自己做了斷這件事，萬理亞並沒有責備澪。

「我擔心死了……！真的好擔心喔……哇啊啊啊啊啊啊啊！」

她應該真的非常擔心吧。萬理亞不停地抽泣，彷彿讓原本拚命克制的不安爆發出來似的。訝異的想法，最後變成了感謝。澪終於明白自己應該先說什麼。所以視線落在抱住自己腰部的萬理亞身上。

「對不起……對不起……」

她對自己擅作主張的行動道歉。澪針對自己害萬理亞擔心、不安這件事道歉。這時——

「……看樣子沒事呢。」

她聽到刃更感到安心的聲音。所以抬起頭來說「是的」。

不過澪的表情僵住了。

「怎麼了……？」

刃更感到不解——但他的身後就站著「黑影」。

刃更連發出聲音的時間都沒有。

身體就被短劍從後面刺穿，劍尖貫穿了刃更的腹部。

「——？」

當刃更的視線落在自己的身體上，短劍也在同時間抽了出去。

此時刃更的身體就像斷了線的木偶，完全癱倒在地上。

「不要……不要啊啊啊啊啊啊啊啊啊啊啊啊啊啊！」

在遠處的柚希，發了狂似地慘叫。

紅色的鮮血，在刃更的背後、衣服上擴散開來。所以——

「啊、啊啊……」

就在驚嚇化為聲音發出的那一瞬間——原本在澪內心的理性爆發了。

「啊啊啊——！」

在澪發出叫喊般的悲鳴同時，以她為中心的紅色波動解放了。

4

遠處傳來呼嘯的風聲。那是宛如狂亂的暴風，還伴隨著低沉風聲的風。

第4章 直到妳的悲傷消失為止

拂過臉頰的風還很柔和。但是再過不久一定會帶來暴雨吧。

既然這樣得快點回家才行。

——跟誰？

但是突然浮現的疑問，馬上就有答案了。那還用說，當然是和澪跟萬理亞一起回家。

也帶柚希一起走吧。沒錯——必須大家一起回家才行。所以——

「……唔……？」

刃更醒了，只不過想要坐起身來卻使不上力氣。

不過他還是抬起頭來，於是東城刃更看到眼前的景象。

「這是……」

周圍的空間被染成了紅色，發出轟隆隆的震動聲。呼嘯的狂風宛如龍捲風般。還看到萬理亞就倒距離自己不遠的地方，柚希也倒在另一處地方，似乎是受到什麼衝擊而失去意識。

然後是，撼動萬物的紅色波動急流——而澪就在那中心。

她的長髮變成充滿灼熱感的深紅色——背上也長出小小的翅膀。

這時候刃更突然明白，澪的力量失控了。

而且那正是她繼承自前任魔王威爾貝特的力量。

恐怕引發她失控的導火線——

……是我吧。

因為好不容易獲救，而繃緊的神經得以放鬆的時候，刃更卻當著自己的面被刺倒地。

她一定認為是自己的責任而無法原諒自己吧。

「……笨、笨蛋……！我已經沒事了……！喂，澪！」

「刃、刃更……？」

聽到刃更的呼喚，澪大吃一驚地與他四目相接。

看樣子似乎還有意識。

……很好……

在最糟糕的狀況看到了一絲曙光。這樣的話，事態或許還沒到不可收拾的地步。加上沒看到敵人的蹤跡，看來這次是真的撤退了。

或者是被消滅了吧。不管怎樣，大可以認定不會再有什麼威脅。

「妳冷靜下來……我已經沒事了……一切都結束了……所以……」

「我、我正在試……但是停不下來……！」

澪搖著頭大喊。

「光是要抑制力量就已經很勉強了，所、所以根本停不下來。我沒辦法讓它停止……為、為什麼會這樣？」

第4章
直到妳的悲傷消失為止

驚慌失措的澪已經處於恐慌的狀態，刃更的表情變得更痛苦了。

……可惡，要她冷靜下來果然辦不到嗎……！

但是——再這樣下去是不行的。

……威爾貝特擁有的，是操縱重力的力量。

因此，這股力量一旦失控會變成什麼樣——不久，終於化成現實顯現了。

「咦……？」

澪發出驚訝的聲音。她周遭的空間，彷彿產生熱氣般地開始扭曲。

「……已經開始了啊。」

刃更咂嘴。無法抑制的質量，一旦增加到不可挽救的地步——那就是重力奇異點。

再這樣下去會以澪為中心而形成黑洞，並有可能將周遭的空間吞噬。

——當然，既然澪是起源，只要她消滅了，重力奇異點也就會消失。

雖然還不至於引起地球毀滅，但周邊的空間會徹底毀壞。恐怕，半徑幾公里範圍內的市區都無可避免地消滅呢。

不過——這都只是刃更的推測，因為失控的能量所生成的質量是未知數，受害規模有可能更小，也有可能更大。這時候——

「拜、拜託你，刃更……我已經無法再克制失控的力量了……所以……」

刃更知道澪用顫抖的聲音想說些什麼，於是他大聲地說：

「等一下！我正在想辦法！會想出什麼辦法的——」

「——你聽我說！已經沒有時間了。在我破壞這個世界以前，連累你跟大家捲進來以前……」

成瀨澪用悲壯的聲音說出最後的請求。

「拜託你——快點，殺了我吧……！」

那麼做的確能結束這個狀況，也是最快的解決方法。

只要犧牲澪，城市、刃更他們應該全都會獲救吧。可是——

「……我拒絕。」

話一說完，刃更慢慢站了起來，澪則驚慌地大叫：

「笨、笨蛋……！我跟這個世界，到底該優先保護哪一個，應該不用考慮吧？」

「我才不管呢……那種事妳講給偉大的勇者大人聽吧。但很不巧的是，我已經不是了。對於世界和平這種偉大的事情，我既沒什麼想法，也沒有能力做什麼。」

但是——我有幫助澪的力量，東城刃更也知道那唯一的方法。

第④章
直到妳的悲傷消失為止

那是過去能夠使用，但現在卻已經喪失，是這世上只屬於自己的力量。

……對，沒錯。

其實沒什麼大不了。現在的狀況正在告訴我，為了未來，就超越現在——超越過去吧。

因此，東城刃更慢慢地往前走。

「……我已經不是勇者了。不過，我是妳的家人，是妳的哥哥喔。就算對妳來說只是暫時的關係，但我是真心那麼認為。而且，所謂的哥哥——哪怕要跟全世界為敵，也要盡到保護妹妹的責任喔！」

刃更斥責般地說道。那些話彷彿不是說給澪聽，而是說給自己聽似的。

「……我會帶妳回去的。」

「咦——…？」

刃更對聽到自己呢喃的話語而反問的澪說：

「我絕對會帶妳回去……妳會回去的。跟我一起回到那個家喔！如果妳是我妹妹，這種時候就應該讓哥哥保護妳——知道嗎！」

刃更強勢說出自己的想法。那不需要什麼理論或理性，是發自真心的吶喊。

但是，正因為如此才能溝通。

才能傳給她。

「……嗯。」

澪露出快哭出來的表情點著頭，她不斷不斷地點頭。然後說：

「求求你——救救我，哥哥。」

澪如此說道，她確確實實地說了出來。因此，刃更點著頭說「我會的」。

「妳等著，我現在就把它們消滅。直到妳的痛苦、悲傷，全都——消失為止。」

這時候刃更停下腳步，那是能靠近力量失控的澪最近的距離了。

在重力波動撼動的大氣中，東城刃更做了一下深呼吸，讓全身放鬆。

這是為了發動完備的「無次元的執行」而做的準備。

眼前必須看清楚的，是澪失控的力量——也就是其存在的根源「天元」。

但是所有現象、物質，顯示那個存在正微微地動搖。

當然，天元的位置也經常在變動。而且刃更打算消滅的，是有如急流般的狂亂力量。因此天元的位置是以超高速，而且不規則地移動。如果沒有命中，那大家就一起完蛋。而且劈開天元的同時，也不能傷害到澪。要是連澪也一起消失就慘了。因此絕不能有些許失敗，只允許百分之一百的成功。

問題是自己已經流失了大量血液，視野也開始模糊——現階段的條件對刃更來說實在很艱鉅。

第④章
直到妳的悲傷消失為止

「——唔！」

刃更感覺到自己的心跳加速，手也開始在顫抖。

……可惡……！

那是因為他想到失敗的情況，這時候腦子裡響起白假面說的話。

『——這次想連她也一起消滅嗎？』

他想起五年前的悲劇。那絕無法痊愈的內心創傷，對過去犯下的罪行所產生的意識，毫不留情地吞噬刃更的心靈。因此——

……我果然，做不到……

東城刃更心裡這麼想。他真的做不到——啊啊～對了。

「絕不能讓澪，體驗跟自己相同的痛苦」。

忽然間，他看到澪用平靜的眼神往這邊看。

跟刃更四目交會之後，她慢慢閉上眼睛。

嘴輕輕動了起來——說著「我相信你」。

那一瞬間，東城刃更下定了決心。而他自己也跟澪一樣閉上眼睛。

「————」

面對有如急流般的狂亂力量，刃更把身體託付給猛烈的狂風。

而且集中所有神經、所有心神，甚至於靈魂——並且感覺。
感覺東城刃更能拯救成瀨澪唯一的可能性。
然後——下一秒鐘，聲音從世界消失不見。因為澪失控的力量，一口氣膨脹起來。
是擴散的破壞與無的波動。
而東城刃更只是——靜靜地把布倫希爾德用力往下揮。

5

——緊接著，刃更的世界變成一片白色。
不知道是因為發動「無次元的執行」的關係？還是因為被黑洞吞噬的關係？他甚至不知道自己的眼睛是睜開的？抑或是閉上？
只是，自己已經耗盡全身的力量。
「————」
刃更慢慢地往前倒下，忽然間——被溫柔的體溫包住。
那舒服的感覺，讓他不由得露出微笑。

因為他感到一份確信。
然後，刃更微微張口——儘管現在幾乎沒有任何力量。
不過他還是說了一句話。刃更只說一句話，那是他無論如何都想說的話。
所以他靜靜地祈禱，「拜託讓我能發出聲音」。
東城刃更輕輕說話了。
「——回家吧。」

尾聲　想守護的事物

1

在深夜的公園結束戰鬥後——東城刃更不得不好好靜養。

畢竟在頂樓被砍的傷口都沒有癒合他就勉強戰鬥，甚至又受了貫穿腹部的重傷。

儘管如此，幸虧柚希給了他們勇者一族相傳的特別回復藥，刃更才得以不用住院。

然後跟學校說他得了熱傷風，澪因為要照顧他，而說也被傳染到相同症狀了。

事發後五天——刃更好不容易康復，平安無事地回學校上課。

——然後，刃更現在正慢慢走上校內的樓梯。他要去的地方是頂樓。

這個時間正在上第四堂課，也就是說他蹺課了。這時候在外面走動很可能被人發現，而且更重要的是，澪今天起也回學校上課了。照理說自己的視線不能離開她的。

「嗯，應該沒問題吧……」

在公園的戰鬥結束後，敵人沒有再發動攻擊。刃更、澪跟柚希都受了傷，在努力療傷的這幾天，對敵人來說應該是最佳的攻擊時機。但他們卻沒有任何行動，看樣子似乎是暫時告一段落呢。

……而澪的「那個力量」，在那之後也沒有再出現。

看到瀕死的刃更而心生動搖，導致繼承自威爾貝特的力量失控的澪，就此覺醒——這樣的事情並沒有發生。後來也試過好幾次重力系的魔法，但都沒有發動過。結果，似乎又回到以前的狀態。

——那個時候，刃更的「無次元的執行」不僅成功，還把澪失控的力量完全消除。

澪所繼承的力量，會不會在那個時候也一起消除了呢——澪提出了那種可能性。如果是那樣，儘管澪想替父母親報仇的想法還在，不過現任魔王盯上澪的理由就消失了。勇者一族對澪的警戒，以及柚希的監視也變得沒有必要。

那麼事情也就會朝非常好的方向發展，但是——

……很遺憾，那是不可能。

刃更用「無次元的執行」消除的，只是澪漏到外面的力量急流。

要是想連澪體內的力量也消除，恐怕會將她一起消滅吧。但是，那樣的結果是刃更絕對不願造成的。

所以刃更才會賭在最困難但卻是最好的可能性上。

尾　聲
想守護的事物

因此，一切並不會就這麼結束，但至少能得到暫時的平靜。

現在，只要為這件事高興就好。

——這個時候，向上的樓梯已經到了盡頭，刃更來到了頂樓。最初映入刃更眼簾的，是一片鮮豔的藍色。好美的天空，是只有在夏天才看得到的通透澄澈的藍天。雖然耀眼的陽光灑在身上，卻感覺不到不舒服的悶熱感。不時吹拂的微風也很涼爽，溫柔地撫過身體。

這時候刃更發現已經有人先在頂樓的角落了。那是雙手放在防護柵欄上，眺望著跟刃更同一片天空的青年——瀧川。瀧川注意到了這邊，並且說：

「喂喂喂——小刃，大病初癒的傢伙就這麼蹺課，沒關係嗎？」

他用開玩笑的口吻說道。刃更苦笑地朝瀧川走去。

「你有資格說我嗎？比我先堂而皇之地蹺課的，明明是你耶。」

「你感冒已經好了？果然是前些日子被成瀨傳染的吧？」

「嗯，應該吧……先別管我了，你才沒事吧？」

「……嗯？哦，福利社的事嗎？」

瀧川彷彿在說「你說那件事啊」地回想。

「那真的太過分了啦，小刃，你突然往我的心窩給了個拐子，還把我丟在那兒不管，你知道我醒來的時候有多傷心嗎？」

「對不起啦……可是，我說的並不是那件事。」

東城刃更苦笑著，然後這麼說：

「『在公園的時候，你被我砍得相當慘吧——居然還沒死呢』。」

那一瞬間，盛夏的頂樓籠罩著冰冷的靜寂。

「……你在講什麼？」

「如果你打算裝傻到底也沒關係——只是別後悔喔！」

儘管如此，瀧川仍然面不改色。刃更微微曲膝。然後——

「喂，小刃……」

刃更突然瞪大眼睛，將手神速地揮向不知所措的瀧川。

要是手裡拿著劍的話，可是一個橫掃的動作。沒錯——刃更的手裡沒有魔劍布倫希爾德。但是——

「————」

瀧川在一瞬間到了很遠的地方。那是——普通人類絕對無法做到的事情。刃更對著感情已經完全從臉上消失的瀧川笑著說：

尾聲
想守護的事物

「沒必要感到沮喪喔，瀧川，那是理所當然的反應。既然你沒有死在我的連續斬擊，應該有看到我消除澪的力量那一瞬間……若突然帶有殺氣的話，就算是假裝砍你，我想你也絕對會選擇閃躲。」

聽了刃更的話，瀧川沉默了好一陣子。

但是——他終於大大嘆了口氣，放棄似地抓著頭說：

「啊——啊，原以為可以順利矇混過去的。」

說完之後又問刃更：

「——你什麼時候發現的？」

「我是在一切結束之後才確信的。託你的福讓我有機會好好靜養……有時間全身裹著繃帶，躺在床上思考很多事情。」

刃更聳聳肩說道。

「而契機是我在公園把白假面——把你打倒之後。當我走向澪的時候，腹部被你的屬下『黑影』用短劍刺穿……但是，我總覺得那件事很奇怪。明明指揮自己的上位魔族已經被幹掉了，卻仍然要繼續戰鬥下去。」

那是因為——

「命令你們從澪的身上回收威爾貝特的力量的，應該是你們所侍奉的魔王大人。一般的話，應該是選擇馬上撤退回去報告情況才對。」

「但也有可能害怕任務失敗而受到處罰，好歹也反擊一下啊？」

「我的確也考慮過那種可能性——不過，應該還有其他的可能性吧。」

對瀧川的疑問，刃更答道。

「那個『黑影』不是白假面的屬下，『有可能是用魔法生成的人偶』。」

如果是那樣，就能解釋「黑影」留在現場的理由。「黑影」並沒有什麼太大的實力，恐怕只是執行單純命令型的人偶。「黑影」大概只是聽從瀧川的命令，對刃更展開攻擊吧。

「……但是，如果『黑影』是魔法生成的人偶，那其他奇怪的事情就浮現出來了。像那天晚上在停電的福利社，你看到『黑影』而感到驚訝。如果是魔族有意現形也就罷了，但普通人的肉眼是不可能看見用魔法生成的人偶。」

「原來如此。可是一般不就會認為：『黑影』果然不是魔法人偶吧？」

「但是，那的確有確認看看的價值。而且如果你是普通人類，就算被我的殺氣威脅照理說也感覺不到什麼。如果只是確認一下，應該不會有什麼問題吧？」

「可是聽你的口氣，倒好像已經確定了呢……」

瀧川仍然無法接受，刃更「是啊」地說道。

「……那天晚上在福利社，提到倒下的澪時，你不是說過『她的臉好紅，好像在害羞些什麼』？」
那是事實。因為主從契約的詛咒發動的關係，她被迫得到了快感。
所以那個時候，刃更也完全沒感到有什麼不對勁，而沒把瀧川的話放在心上。
「但是，仔細想想就覺得有些奇怪了。確實，澪對我有些嚴厲。可是最近，那傢伙經常說身體不好要去保健室休息。那樣的傢伙要是出現臉紅跟站不穩的狀況，『一般都會懷疑可能是發燒吧』。」
「……原來是這樣……啊。」
瀧川「哎呀」地把手貼在額頭上。
「真是失敗……看了好幾次成瀨那奇怪的反應，我馬上就明白是和她那個跟班的夢魔有關。所以比起裝做不知道，要忍住不笑可是辛苦多了呢。本來想裝得自然一點……沒想到，反而害自己失言呢。」
瀧川無奈地苦笑著。
「——然後呢？你想怎麼樣，小刃？」
瀧川臉上露出淒慘的笑容問道。
「如果想在這裡繼續公園的戰鬥，我倒是無所謂喔！」
剎那間，刃更與瀧川之間的氣氛變得緊張起來。彷彿恬靜的頂樓瞬間變成了戰場。

尾聲
想守護的事物

雙方不發一語地對峙一會兒後，先動起來的是刃更。他放鬆了下來「呵」地笑出聲。

「……還是算了吧。現在的我，就算跟你單挑也不一定會贏。而且——與其戰鬥，我更想跟你做個交涉。」

「交涉……？」

瀧川狐疑地問道，刃更點著頭說「沒錯」。

「你恐怕是現任魔王派來監視澪的吧。當然，也有可能奉命在適當情況下，催促威爾貝特的力量覺醒，你故意裝成人類跟那傢伙念同一所學校，我能想到的目的就只有監視了。」

瀧川沒有說話，刃更把那個反應當作默認，於是又繼續說：

「這次你之所以採取強硬的手段，是因為出現了保護澪的新家人——出現了我這號人物。澪魔法的力量之所以覺醒，契機是來自於養育她的父母死亡。那麼，要是我也當著澪的眼前遭遇同樣的事情，這次威爾貝特的力量說不定會因為那個打擊而覺醒；你是這麼打算的吧。對於想要迅速結束任務的你來說，這應該是求之不得的機會。所以，你才會來接近我對吧？」

「……這個嘛，你只說對一半。不過，我看不過小刃被孤立也是真的喔。畢竟我也是不得已在不熟悉的人類高中上學，當初也是相當孤單呢。看到轉學第一天就被排斥的你，我實在有點看不下去呢。」

尾聲
想守護的事物

「……有那麼慘嗎？」

想不到自己居然被孤立到連身為敵人的魔族都大感同情。

不過——刃更的嘴角忽然露出笑意。因為眼前的瀧川所散發的殺氣消失了。

看樣子他願意聽聽看他的話了。所以——

「不過，由於你的急躁而導致任務失敗了。無論如何都要得到威爾貝特的力量的現任魔王，對你下的命令畢竟是監視而已。要是不小心把澪殺了，力量很有可能會跟澪一起消失。但是，你這個監視者的身分已經曝光了。再加上採取強硬手段所導致的失敗，你現在的狀況應該很糟吧？」

「那很難說喔……只要把小刃滅口，應該還沒有什麼問題吧！」

「你就算殺得了我，也不可能連澪也殺了。你怎麼做都隱瞞不了的，你應該已經無計可施了吧，瀧川。所以從剛才，就獨自在這裡唉聲嘆氣對吧？」

對於刃更的推測，瀧川一臉沮喪地沉默不語。

這可是大好機會，因此刃更說出自己的提案。也就是剛剛說的「交涉」。

「但是——『如果你今後肯貫徹自己原本的監視任務』，我可以幫你。也可以不讓現任魔王派知道你的身分曝光這件事。」

對於刃更的提案，瀧川皺起眉頭說：

「……這話是什麼意思？」

「如果知道你失敗了，魔界那邊應該會再派其他傢伙來吧。為了防止再一次的失敗，『當然會是比你強又麻煩的傢伙』。搞不好還會放棄監視，直接採取強硬的手段行動。」

但是——

「光對付你就已經竭盡全力的我們，肯定應付不了那樣的敵人。而且，就算幹掉那個傢伙，還會再出現更厲害的傢伙。更慘的話說不定還一次來好幾個。如果是那樣的話，我們就完全沒有勝算了。那還不如暫時維持現狀，當作什麼都沒發生過，讓你繼續負責監視，那對我們來說還比較好呢。」

而且——

「這樣的話，你任務失敗的事情也不會被發現——這個交涉不錯吧？」

與身為敵人的瀧川聯手。

這是我想過保健室老師長谷川千里的建議，最後所得到的結論。

她說如果有了敵人，就增加自己的夥伴。而無論是敵是友，重要的不是數量而是質量——但是，不要把數量和質量分別擺在天平上。那應該是告訴我不要把敵人一直當敵人，如果找不到新的夥伴，就努力把現在的敵人變成夥伴——大概就這個意思吧。就算現在在班上被孤立，也沒有必要就此放棄。這個道理對澪現在所處的狀況也同樣適用。

尾聲

想守護的事物

因為，身為勇者一族的柚希，就已經在公園救了澪。

亦即敵我的身分有時候也是會互相轉換的。既然這樣——現在的刃更他們為了求勝，是有必要跟瀧川聯手。然後——

「……原來如此，小刃的提案的確是不錯。」

對刃更的提案，瀧川終於喃喃地開口說道。

「不過你別忘了……我們可是敵人。一旦雙方的狀況有所變動，何時會背叛也是不足為奇的事。在這種毫無信賴可言的狀況下，到底要怎麼合作啊？」

「那個問題，我想大概不用擔心……」

雖說是處在有限制的狀況，我們對夥伴也是會挑的。

如果認為不合適，一開始也就不會提出交涉。

「我們前陣子才拚得你死我活喔，你憑什麼敢說不擔心？」

聽了瀧川的話，刃更摳了摳臉頰。

「因為我們是朋友……這個理由不行嗎？」

「不行，雖然有點遺憾。」

那就這麼說吧。

「『因為我現在——還這樣地好好活著』。」

「你打算做的，說來應該是類似刺激療法吧。」

站在瀧川前面的刃更說：

「既然那樣，應該盡量選擇能夠造成澪衝擊的方法，那樣才比較有效果。但是，你卻沒有殺我……非但如此，還讓『黑影』貫穿我腹部的短劍，盡可能避開要害。就好像讓線穿過針眼般——非常小心翼翼。所以我才能去救澪，而我自己儘管拖了很久才治療傷口，但最後也平安無事。」

「那不過是小刃的運氣比較好而已。」

「不，正如你說的，我們可是在拚命。在那種情況下能夠得救，要把它說是我運氣好，很遺憾我可沒有那麼單純。」

刃更接著說「而且」。

「你的計畫重點，應該是讓澪對當作犧牲品的我提升信賴度才對。那樣的話，當我倒下的時候刺激就會更大。但如果真有這個打算，應該有個非常礙事的存在呢。」

「咦……誰啊？」

「『萬理亞嘍』。對失去養父母的澪來說，一直跟在身邊的萬理亞才是最值得信賴的存

尾聲
想守護的事物

在。她跟澪的距離可是比我要近得多呢。」

所以——

「如果真要把澪的精神逼到極限，先排除掉萬理亞，再殺了我這個最後的精神支柱才是最有效的。最近萬理亞正好獨自在市區警戒，獵殺低級的無賴惡魔。而且論實力，你顯然在萬理亞之上，應該有不少機會可以幹掉她。不過——你並沒有那麼做。」

簡直像是故意放過萬理亞似的，彷彿其實是在替澪著想。

彷彿——除了現任魔王的命令，「還從某人那兒接受了完全相反的命令似的」。

——不過，這些當然還是不能說出口。這些推論畢竟包含刃更樂觀的預測。但是，如果刃更的推測是正確的，那個事實，應該是瀧川八尋絕不能洩漏出去的祕密。但是，要是能暗示他這邊已經想到那個可能性——還有，已經理解他的立場。

那就會產生真正的信賴，那樣的程度對合作來說已經是綽綽有餘呢。

「這就是我相信你的理由，瀧川。希望這對你來說，也是信任我的理由……我是這麼想的。」

這個時候，刃更沒再說話，因為該說的話已經全都說完了。

這邊已經亮出底牌，接下來就只有等瀧川的答覆了。

瀧川沉默了好長一段時間，一直在思考些什麼。雖然刃更說這是交涉，但從瀧川的立場來看，也包括了半威脅的成分。所以他是在猶豫，必須把這個當作是好的訊號——不知過了多久的時間。終於——

「抱歉，我對小刃你所說的事沒有印象了……」

「……這樣啊。」

果然是這樣。

「——不過這次的事情，就我的立場來說也有許多麻煩呢。」

瀧川嘆了一口氣——

「總之就先接受……你說的那個主意吧。」

苦笑地說出刃更期待的那句話，所以——

「……這樣可幫了我不少忙呢。」

刃更也輕笑著回答。

——不清楚剛才的推測是對是錯。就算推測錯誤，承認也就等於背叛現任魔王派，極機密任務同時也宣告失敗。要是刃更的推測正確，瀧川更不可能承認。但最起碼，他說願意合作了。既然這樣，今天的成果應該算不錯吧。

然後——第四堂課的下課鈴聲響起，午休時間到了。

「好了，我差不多該回去了。」

尾聲

想守護的事物

那麼說的瀧川，往頂樓的出口走去。因此——

「——瀧川，我問你。」

最後，還有一個無論如何都得問的問題。

是關於聽從威爾貝特的命令，把澪撫養長大，守護她的幸福與成長的兩個人。

「你知道——是誰殺死澪的養父母嗎？」

那是襲擊成瀨澪的第一個悲劇，不僅是澪想報仇的動機，也是導火線。

瀧川不會是凶手。如果是他，澪應該早就發現了。

但是，如果是負責監視澪的瀧川，或者是——結果……

「不錯——我知道。」

瀧川停下腳步，並且給了他肯定的答覆。

「……叫什麼名字？是個什麼樣的傢伙？」

「喂喂喂，小刃，我們畢竟算合作吧？單方面要求對方提供情報，那可是很不公平的事喔。」

「可是……！」

刃更不禁想逼問下去，但最後還是忍住了。這時候要是硬逼對方說的話，好不容易跟瀧川建立起來的信賴關係也泡湯了。

「……對，你說得沒錯。抱歉，就當我沒說吧。」

那麼說的刃更不禁低下頭，但忽然間聽到瀧川嘆息聲。然後——

「——佐基爾。」

刃更清楚聽到瀧川說的名字。

「佐基爾……」

「是在我之前負責監視成瀨的傢伙……但進一步的內容，你現在還是不要知道得好。」

因為——

「你看——來了。」

瀧川說話的同時，頂樓門被從另一側打開了。

走過來的是一名少女——澪。

2

跟澪稍微打過招呼以後，說著「回頭見」的瀧川離開了頂樓。

換成澪走向刃更。

尾聲

想守護的事物

「真是的……你們兩個居然蹺課跑到這種地方？」

「抱歉。因為天氣太好了，不知不覺就……」

「是嗎——……你跟瀧川談了些什麼？」

「沒什麼，就只是天氣真好之類的。」

對澪的問題，刃更並沒有撒謊。不過——也沒有全部說出來。

他沒有把瀧川的真實身分告訴澪跟萬理亞。也沒對柚希說。不用說要瞞住敵人，在澪她們也不知道的情況下合作會比較好。那樣的話，瀧川也會比較好應付。

而且……

要是說了的話，澪絕對會反對跟瀧川聯手吧。畢竟他是曾經襲擊她們，還害刃更受重傷，甚至刻意讓自己的力量失控的人。對現在的澪來說，瀧川只是隸屬於殺害自己父母的現任魔王派的敵人。要讓那樣的她接受跟瀧川合作這個事實，也太苛了吧——所以，這是刃更的任務。

東城刃更決定要保護成瀨澪。只要能用澪所希望的正面攻擊戰術保護她的話，那是最好不過了。只不過——很遺憾的是，那很難做到。既然如此，就只能夠不擇手段了。因為澪的敵人，比澪她們自己所想像的要強大許多。

「……怎麼了？」

「不……沒什麼。」

看到刃更沉默不語，感到奇怪的澪抬頭看他。刃更搖了搖頭，然後看著自己要保護，決定今後要繼續保護下去的少女。這時候，他覺得訝異地看著自己的澪，那個模樣很可愛。等到回過神的時候——刃更已經輕輕撫摸著澪的臉頰。

「咦？什、什麼……？」

「啊，抱歉……不自覺就……」

想到自己成功保護了這樣的表情，無意識之間就把手伸了出去。

「…………！」

這時候，澪迅速回頭看頂樓的入口，確認沒有其他人來。

「那、那個……」

那麼說的澪，微微紅著臉低下頭。

「我……好像還沒對刃更救了我這件事表示感謝吧？」

「嗯？是吧……」

確實是這樣，不過刃更對那種事也沒有很在意。

「所、所以……所以呢。」

澪緊緊抓住刃更制服的袖子，並且向前邁了一步。

尾　聲
想守護的事物

是雙方的身體眼看就快要碰上的距離。

好近。

……咦？

又來了，這個氛圍是怎麼回事？

詛咒發動後把她送到保健室那時也是這樣，澪跟自己獨處之際，她的態度有時候會改變。而力量失控被自己救回來之後，這個傾向變得特別明顯。在房間裡照顧自己的時候也是，只要萬理亞一離開就變得怪怪的。這時候——

「現、現在只有我們兩個人……」

澪紅著臉，輕輕抬頭看過來。

「如果只是一下下的話，『哥哥』可以做想對我做的事喲……什麼都可以。」

「——什麼哥哥……妳……」

明明脖子上沒有什麼詛咒發動的痕跡。那是澪希望刃更讓自己屈服時的暗示。

「不、不然這樣吧……繼續做上次在保健室的事，怎麼樣？」

「……咦？」

那個的後續？要做嗎？現在就在這裡？

「…………——」

不不不，等一下！不知不覺中沉默的自己給我等一下！剛剛，你在想像啥東西啊！澪妳也別都不吭聲啊！還有，別露出那種決定做害羞行為的表情好嗎？妳希望我在頂樓做什麼！可是，在雙方都沉默的時候，氣氛不斷往奇怪的方向前進，演變成不做點什麼就無法收拾的氣氛。於是——

「——嗯。」

澪終於下定決心似地閉上眼睛——進入了親吻場景。

既然都到了這一步，刃更也無法繼續裝傻了。所以——

「…………」

刃更下定決心，慢慢往澪的臉靠了過去——

「………………………………不行。」

突然手被人從旁邊拉住。

「咦……柚希？」

仔細一看，柚希不曉得什麼時候來的，而且正抓著刃更的手。

「野、野中？妳怎麼會……？」

「果然不能大意呢……不要色誘刃更啦。」

「色、色誘……？——唔！」

尾　聲

想守護的事物

柚希的話讓澪的臉整個漲紅。

「誰、誰色誘了啊！話說回來，妳都說要幫我了，怎麼這時候又跑出來妨礙我，妳到底想做什麼啊？」

「沒什麼，雖然我說要幫妳，可沒說要把刃更給妳。」

然後，她忽然轉身面對刃更。

「我找你好久了呢，刃更……我想讓你吃這個。」

「喔，難不成是便當……？」

看著遞出布袋的柚希，刃更不由得露出開心的表情。

「好懷念喔……話說回來，妳小時候做菜的手藝就很棒呢。」

「裡面有很多刃更喜歡吃的菜。」

「……等、等一下！我也正準備約刃更一起吃午飯呢！」

澪基於「不會讓妳得逞」的想法大叫。結果柚希露出勝利者的微笑說：

「……妳空著手啊。」

她的話才剛說出口——

「——交給我吧，澪大人！」

伴隨著「砰！」的巨大聲響，頂樓的門被大大打開了。

接著，稚嫩的夢魔少女——萬理亞筆直朝這邊走來。

「喂，等一等！妳這個外人是怎麼進來的！」

「刃更哥，你這可是蠢問題喔。只要我施展成人的魅力就綽綽有餘了。當我濕潤著眼睛苦苦哀求說『家人忘記帶便當了……』，就馬上讓我進來了！」

「應該是看一個小孩子快哭了才放行吧——」

「總而言之！我們這邊也準備好便當了！好了，澪大人……絕不能輸給這個面無表情的青梅竹馬。快對刃更哥做那個。夾著食物對他說『啊——』，快點！」

萬理亞打開手裡上的籃子，不斷地逼近澪。

但如果當著眾人面前，澪是無法對刃更坦率的。

「開、開什麼玩笑……憑什麼要我餵這種傢伙吃東西！」

當她這麼大叫之際，身體也開始顫抖起來。這是因為對主人的態度傲慢而引發主從契約的詛咒。

「又來了啊！妳怎麼都沒學到教訓啊！」

「沒辦法。這樣的話，刃更哥快對澪大人『啊～』……不，是刃更哥快讓澪大人說『啊——』地張嘴被你餵。」

「妳也一樣，一臉正經八百地胡說些什麼啊？」

尾聲
想守護的事物

「那還用說嗎？當然是解除詛咒啊。交給我來處理吧。我就知道可能會發生有這種事，所以準備了許多好料——沒錯是『好料』。好了，刃更哥，把這粗大的德國香腸，稍微粗暴地侵犯澪大人可愛的嘴巴——」

「我哪辦得到啊啊啊啊啊！更何況，憑什麼要我幫妳滿足那色慾薰心的夢魔欲望啊！」

「現在還說這種話。刃更哥、澪大人跟我，不都已經是做過驚人事情的夥伴嗎？像前不久，我們三個人還在浴室全裸玩蛋糕遊戲——討厭耶～」

「……這話是什麼意思？」

聲音明顯帶著怒意的柚希插嘴問道。於是，萬理亞呵呵地笑著說：

「妳不知道嗎——？刃更哥在不久前，成了澪大人的主人呢。」

「那、那怎麼可以……我、『我絕對不允許』！」

啊，柚希抓狂了。

「很遺憾，請妳死心吧。因為澪大人即將成為身心都屬於刃更哥的僕人喲——而且就當著我的面！」

「等、等一下，妳在胡說些什麼啊，萬理亞！當心我殺妳一百次！」

可能這次的症狀比較輕吧，從詛咒中恢復過來的澪反嗆萬理亞。

「喂……妳們三個。」

三名少女終於把刃更丟在一旁，開始吵了起來。

刃更嘆了一口氣——不過表情忽然變得沉穩起來。

發生在眼前的，照理說應該是讓人相當頭痛的情景。但像這樣吵吵鬧鬧……正因為隨處可見，所以才顯得珍貴。這就是所謂「理所當然的幸福日常生活」。

……我保護得了嗎？

那個答案還沒出現，因為刃更他們的戰鬥才剛剛開始。

儘管如此，刃更還是在昨晚發了手機郵件，把這一連串的事情告訴了迅。

告訴迅，身為兒子的他——在父親不在家的時候，暫時做到了保護家人這件事。

只不過還沒收到回信。那個父親的話，或許會被吐槽說「你還差得遠呢」。

但儘管如此，應該也算勉強及格吧。

還真期待迅會對於敢面對過去，重新振作起來的自己說些什麼呢。

而自己早就想好屆時回信的內容了。

那是感謝的話。

過去你不惜放棄勇者的資格而保護的兒子。

現在——正確實保護著只有他自己才能保護的少女。

尾聲
想守護的事物

3

陰暗的森林裡，手機鈴聲響了起來。

地點是魔界，照理說應該是收不到手機訊號的地方。

「──喂。」

按下通話鍵──曾經被人歌頌是大戰英雄的勇者──東城迅開始講起手機。

「哦，是你啊……啊啊，我已經知道了。那傢伙發了手機郵件給我呢。」

迅跟通話的對象，聊起有關刃更發手機郵件給他的事情。

──照理說，人類世界製造的通訊器材是無法在魔界使用的。

但是，大戰時也有需要潛入魔界的時候。

因此，必須確保堪稱是生命線的聯絡方式，並採取各種手段。

隨著時代的變遷，所使用的方法也跟著變化，像現在是在手機裡放特殊的魔力晶片，將電波化成頻率發射出去，這樣就算在不同的世界也能夠取得聯繫。

「我不是說過了嗎？沒必要擔心，恐怕就算沒發生這件事，只要有機會那傢伙一定會重新振作的。」

迅邊笑邊說：

「畢竟刃更，是我——『以及那些傢伙的兒子呢』。」

然後又針對對方的回應說：

「不過，我能體會你擔心那傢伙的心情啦……所以，才讓他去了你看得到的地方。所以，我不在的這段期間，幫我照顧一下刃更和澪她們吧。不好意思，我這邊似乎還要再花一點時間呢。」

這個時候，他降低了音量。

「是啊，果然還是聯絡不上『她』。那個威爾貝特已經死了，而且她也沒到緊急時刻的碰頭地點，所以我有點擔心……恐怕是魔王換人當的關係吧。我猜應該是為了不被盯上而躲起來。」

所以——

「我這邊也會稍微深入打探消息。畢竟還有澪的事要處理……能做的事情，似乎出乎意料地多。不用擔心……我知道，刃更那邊我也會聯絡的。」

掛了電話以後，東城迅慢慢往前走。

他背對無數具曾攻擊他的魔族屍體，臉上露出大無畏的笑容。

東城迅對著虛空中說：

「不過是前進一步而已，可不能這樣就滿足了喔，刃更。你不能一直逃避喔。因為不只是澪，你也無法擺脫自己的過去跟命運呢。」

後記

初次見面，以及已經認識我的讀者，謝謝你們閱讀這本書。我是上栖綴人。各位應該覺得這個名字不曾在Sneaker文庫看過，一點也沒錯。其實我是在其他出版社的ＨＪ文庫以輕小說家的身分正式出道，這次很高興有這個機緣能在Sneaker文庫發表作品。哎呀——真的是很可喜可賀的事情呢……咦？可是責編當初找我的時候，我記得那位責編好像是其他文庫的，並不是Sneaker文庫……不不不，一定是我想太多了。所以，接下來在Sneaker文庫我也會努力寫作的！還請大家多多指教。（註：以上為日本的出版情況）

因為是新的系列作品，我就稍微介紹一下這部《新妹魔王的契約者》吧。這部作品包括了「勇者」與「魔王」加上「妹妹」等滿滿的王道要素，甚至還有「性感的沙必速」，說起來內容非常豪華。但內容又著重於淺顯易懂，希望大家能輕鬆地閱讀這部作品。我不知道這是否會被歸類為正常的「妹系」作品，但故事中的妹系角色——澪有責編的指點，所以變成相當厲害的角色。因為「平常她總是不坦率，不過當Ｈ的詛咒一發動就變成會邊喊『哥哥』邊撒嬌的妹妹」喲！潛力實在太高了！

那麼，在此向跟本作所有相關人員表達我的謝意。首先是負責插畫的Nitroplus的大熊老師。感謝你畫許多那麼棒的插畫！從第一發的角色設定就一直維持高品質的畫風，讓我感動得顫抖不已。而且還要謝謝你從設計的角度提供各式各樣的創意。也要謝謝Nitroplus的承辦員——戶嶇先生提供的協助。還有責編與Sneaker編輯部的各位，謝謝你們給予我各式各樣的指點。多虧你們才能像這樣推出超出我本身實力的作品與世人見面。除此之外還有美編、校對、業務等多方面的支持，這本書才能順利發售。雖然這些都是理所當然的流程作業，不過輕小說也是書籍。必須以作者、畫家、責編為首的工作人員組成團隊才能夠完成。這部作品就是靠像那樣將全體的力量發揮到最大極致而得以誕生，真是一部非常幸運的作品。而正看著這本書的各位，也請你們務必以讀者的身分成為跟這部作品有關的其中一員，這樣我會非常開心的。

看到這裡還沒買下這本書的你，就拿著書直接到櫃台結帳吧！

那麼，我們下集見嘍。

上栖綴人

謝謝您購買這本書！

我是負責這次插畫的**大熊猫介**！
大家好！
哎呀……這是我頭一次接輕小說的工作，所以非常緊張！
該反省的地方也很多，但我覺得至少能展現自己全新的可能性。（用色情要素）

故事接下來的發展不僅讓人期待，我也會拚命畫出不輸給**上栖老師**的插畫！
（主要還是色情要素！）

略過不使用的
眼鏡妹柚希

國家圖書館出版品預行編目資料

新妹魔王的契約者/ 上栖綴人作 ; 莊湘萍譯. -- 初版. -- 臺北市 : 臺灣國際角川, 2013.06
面 ;　公分. -- (Kadokawa fantastic novels)
譯自： 新妹魔王の契約者
ISBN 978-986-325-410-2(平裝)

861.57　　102007762

Kadokawa
Fantastic
Novels

新妹魔王的契約者 1

（原著名：新妹魔王の契約者 Ⅰ）

2013年8月15日 初版第1刷發行
2015年8月4日 初版第6刷發行

作　　者：上栖綴人
插　　畫：大熊猫介
譯　　者：莊湘萍

發 行 人：塚本進
總　　監：施性吉
副總編輯：蔡佩芬
主　　編：吳欣怡
文字編輯：黎夢萍
美術副總編：黃珮君
美術主編：許景舜
美術編輯：常東玉
印　　務：李明修（主任）、張加恩、黎宇凡、張則蝶

發 行 所：台灣角川股份有限公司
地　　址：105台北市光復北路11巷44號5樓
電　　話：（02）2747-2433
傳　　真：（02）2747-2558
網　　址：http://www.kadokawa.com.tw
劃撥帳戶：台灣角川股份有限公司
劃撥帳號：19487412
法律顧問：寰瀛法律事務所
製　　版：巨茂科技印刷有限公司
ＩＳＢＮ：978-986-325-410-2
香港代理：香港角川有限公司
地　　址：香港新界葵涌興芳路223號
新都會廣場第2座17樓 1701-02A室
電　　話：（852）3653-2888